요즘 남자는
그렇지 않습니다

요즘 남자는
그렇지 않습니다

요즘 남자는
그렇지 않습니다

남자는 단순하다
믿는 그대에게
남자가 들려주는
진짜 남자 속마음 이야기

데이라잇 지음

팩토리나인

서로의 마음을 모르는 단계에서
남녀가 주고받는 호감 시그널에 대해 자세히 알아보고자
책, 잡지, 그리고 인터넷을 뒤졌지만,
커플들을 위한 조언들만 잔뜩 발견하고는
직접 읽고 싶은 글을 쓰기 시작했습니다.

그렇게 4년 동안 글을 써오며
제가 깨닫게 된 한 가지 사실은
좀처럼 사랑을 시작하지 못하는 여자들의 가장 큰 원인이
그녀들의 외모나 성격에 있는 것이 아니라,
요즘 남자를 잘 모르는 데에 있다는 것이었습니다.

시대가 바뀌었고, 남자도 바뀌었습니다.

더 이상 남자들은 대다수 여자들의 생각처럼
단순하게 사고하고, 무모하게 행동하지 않습니다.

물론 제가 요즘 남자들의
모든 생각을 꿰뚫어 볼 수 있는 건 아니지만,
적어도 그들의 말과 행동이
남자의 어떤 심리에 기인하는지만큼은
자신 있게 알려드릴 수 있습니다.

그리고 바로 그 남자 심리에 관한 이야기를
저와 제 주변인들의 경험담을 통해 유쾌하게 전달함으로써
지금까지 남자에게 씌워져 있던 프레임을 부수고,
여자들이 고정관념에서 벗어나 좋은 남자를 만날 수 있도록,
여자와 남자 사이에 다리를 놓는 역할을 하고자 합니다.

2019년 7월

데이라잇

Contents

1장 ─────────── 요즘 남자에게 관심이 생긴 그대에게

요즘 남자에게   관심이 생긴

그대에게

조급해하지 마라. 급하면 일을 그르치게 되어 있다.

남자친구를 사귀는 게 뭐 그리 중요한가.

내가 진심으로 좋아하는 남자, 늘 뭔가 해주고 싶은 남자.

나를 배려하고 아끼는 괜찮은 남자와 연애다운 연애를 하는 것.

그렇게 서로를 실컷 사랑하는 게 당신이 진짜 원하던 사랑이 아닌가.

여자의
직감이 놀라운
이유

착각이 유달리 심한 사람이 있다. 눈이라도 몇 번 마주치면 상대가 자기에게 관심이 있다고 믿고, 이성이 웃으며 인사를 건네면 자기를 좋아하는 게 분명하다고 으스댄다. 이성이 어쩌다가 옆자리에 앉기라도 하면 자기를 사랑한다고 믿을 기세다. 이런 사람은 얼마 못 가 큰 실망에 빠지는 경우가 많다. 상대가 자기를 좋아하는 게 아니었음을 어느 순간 분명히 깨닫기 때문이다. 하지만 이것도 습관인지, 며칠 지나면 또 다른 이성이 자기에게 관심이 있는 것 같다고 호들갑을 떤다.

요즘 남자에게 관심이 생긴 그대에게

이런 태도는 옳지 않다. 사람이 이성을 쳐다보는 이유가 꼭 호감이 있어서만은 아니라는 걸, 우리가 더 잘 알지 않는가! 어느 곳을 멍하니 응시하다 무심코 고개를 돌리는 순간 상대와 눈이 마주칠 수도 있고, 내가 아는 사람과 닮아서 혹은 상대가 입은 옷이 어떤 브랜드 제품인지 확인하려다 눈이 마주칠 수도 있다. 섣부른 착각은 큰 좌절로 가는 지름길이다.

이런 괜한 의미 부여에서 비롯된 억지 감정 말고, 잘 모르는 남자에게서 묘한 기운을 느껴본 적이 있는가? 그가 당신을 향해 은은하게 내뿜는 그 무언가를 느껴본 적 있냐는 말이다.

이 감정은 착각이 심한 사람들이 주장하는 억지 호감과 다르다. 이는 그와 당신이 눈을 몇 번 마주쳤는지, 그가 당신에게 인사를 하거나 하지 않는 문제가 아니다. 이는 순전히 당신의 직감에 의존한 느낌이다. 팩트만 놓고 보면 그가 당신에게 특별히 한 일이 없는데, 당신이 그와 마주칠 때마다 반사적으로 '이 남자 뭐야?' '응? 뭐지, 이 남자는…' 이런 생각이 든다면 거기엔 정말 뭔가 있을 가능성이 높다. 당신이 심각한 도끼병 환자가 아니라는 전제 아래, 당신의 직감이 제삼자의 객관적인 판단보다 정확할 수 있기 때문이다.

혹시 이런 경험해본 적 없나? 누가 봐도 잘생긴 남자가 앞에 있는데, 당신의 몸에서 아무런 화학적 반응이 일어나지 않은 경험 말이다. 단언하건대 그 남자는 당신에게 관심이 없다. 당신이 사랑에 쉽게 빠지는 타입이거나 늘 꿈꿔온 이상형과 마주치지 않는 이상, 대다수 사람은 잘 모르는 이성을 그 자리에서 좋아할 수 없다. 남녀가 서로 좋아하려면 상대방이 뿜는 '호감 물질'에 닿아야 한다.

해파리는 자기에게 접근하는 물체를 보면 독을 뿜는다. 그리고 생물학적 증거는 전혀 없지만, 인간도 관심 있는 이성이 가까이 오면 자기도 모르게 호감 물질을 뿜어낸다. 이 호감 물질에 접촉하는 상대는 오묘한 감정에 휩싸이고, 이 사람과 나 사이에 뭔가 있다는 심증을 갖게 된다.

비록 상대와 오늘 한 번도 눈이 마주치지 않았어도, 상대와 일주일 동안 말 한 마디 나누지 못했어도, 심지어 상대가 나를 다른 사람보다 차갑고 무뚝뚝하게 대해도 '이 사람은 내게 관심이 없구나'라는 느낌이 들지 않는다.

당신 머릿속에 그런 생각이 계속 머문다면, 자신의 직감을 믿는 것이 가장 현명한 선택이다. 당신이 모든 것을 착각하는 재주가 있는 사람이 아니라면, 그가 뿜어낸 호감 물질이 당신의 몸에 닿은 것이다. 그런 느낌이 들면 그를 계속 관찰만 하지 말고 다가가서 말이라도 걸어보라. 그가 당신을 향해 호감의 기운을 뿜어내고 있었던 게 맞다면, 당신의 그 작은 움직임이 놀라운 결과를 만들어낼 테니까.

그러나 반드시 기억해야 한다. 난 당신의 직감을 믿어보라고 했지, 당신의 직감이 무조건 옳다고 말하지 않았다. 직감을 믿고 용기 있게 행동하는 자만이 자신의 직감이 얼마나 믿을 만한 것인지 경험할 수 있다. 직감이 옳다고 확신하는데 그치는 사람은, 최신형 스마트폰을 사놓고 하염없이 바라보는 사람과 같다.

그런 사람은 누군가가 손을 포개어, 스마트폰을 함께 꾹꾹 눌러가며 일일이 설명해주기 전에는 아무것도 하지 못한다. 그런데 요즘같이 개인주의적인 시대에 누가 그런 과잉 친절을 베풀겠는가?

요즘 남자는
무관심을
이렇게 표현한다

#1

가끔 그렇게 친하지 않은 지인이 밥을 사준다고 할 때가 있다. 그 지인이 내게 "음식 뭐 좋아해?"라고 묻는다면 거절의 미덕을 전혀 모르는 나는 "참치회요!" "스테이크요!" "장어구이요!" 이렇게 내가 먹고 싶은 음식을 주저 없이 말할 것이다. 그런데 그가 만약 "우리 콩나물국밥 먹으러 갈래?"라고 내가 싫어하는 음식을 먹자고 제안한다면 나는 아마 "음… 그거 어제 먹었는데! 너무 맛있게 먹어서 아직도 입에서 콩나물 향이 나요, 하하하!" 이렇게 온갖 핑계를 대며 콩나물국밥을 먹는 상황을 피하려고 노력할 것이다.

내가 좋아하는 대학 동기 그 남자. 나는 다양한 방법으로 그에게 끼를 부려보기도 하고, 호감을 흘려보기도 했다. 그래도 전혀 못 알아채는 녀석이 너무 답답한 나머지, 내 마음 상태를 그에게 넌지시 알려준 적도 있다. 근데 이 녀석은 도무지 내 마음을 눈치 채지 못하는 것 같다.

생일이라고 그 녀석이 좋아하는 축구팀의 유니폼을 선물하면서 '나도 바르셀로나 응원할게!'라고 적은 귀여운 손편지도 같이 건넸는데 이 녀석은 "야, 진짜 고마워! 안 그래도 이거 사려고 했거든"이라며 선물에만 대단한 관심을 보일 뿐, 그걸 빌미로 나와 더 애틋한 관계로 발전하기 위한 그 어떠한 행동도 하지 않았다.

그렇다고 이 녀석이 나를 부담스럽게 생각하는 건 아닌 듯하다. 친구랑 술을 마시다가도 내게 전화를 걸어 특별한 일 없으면 같이 맥주나 마시자며 나를 그 술자리에 부르기도 하니까. 아무리 봐도 이 녀석은 자존심이 무척 강한 남자다. 내가 좋긴 한데, 자기가 먼저 그 말을 하면 지는 거라고 생각하는 게 분명하다. 그래서 난 술을 잔뜩 마시고 그 녀석이 2차로 자주 가는 호프집으로 녀석을 불러내서 내 마음을 알려줄 생각이다. 난 적극적인 여자니까 나중에 후회하지 않도록 그렇게 할 거다!

응, 당신 이야기 잘 들었다. 그리고 내 박수 좀 받아라. 당신은 좋아하는 남자에게 솔직히 다가가는 적극적이고 용기 있는 여자니까. 그런 마인드와 태도를 가지고 산다면 당신은 앞으로 불현듯 찾아온 사랑을 허무하게 날려 보내는 일은 결코 없을 것이다.

그런데, 당신에게 정말 미안한 말이지만, 그 녀석은 아니다. 지금 당신이 마음을 고백하려고 하는 그 남자는 당신의 짝이 아니란 말이다. 그가 유난히 눈치가 없는 남자라 당신의 호감 표현을 알아채지 못한다고 생각하는가? 그 남자는 바보가 아니다. 어떤 여자가 좋아하지도 않는 남자에게 하루 걸러 카톡을 보내고, 어떤 여자가 좋아하지도 않는 남자에게 그가 평소 좋아하는 축구팀의 정품 유니폼을 선물하며, 어떤 여자가 좋아하지도 않는 남자에게 밥 사달라고, 같이 공연을 보자고 시도 때도 없이 제안하겠는가?

걔 다 알고 있다. 당신이 자기 좋아하는 거.

근데 왜 모른 척하냐고? 그럼 어쩌란 말인가. 당신이 소개팅에서 만난 여자도 아니고 앞으로 안 볼 사이도 아닌데, 당신이 주는 생일 선물을 완강히 거부하고 당신의 밥 먹자는 제안을 매몰차게 거절하라는 건가? 그 녀석은 당신을 좋아하지는 않지만, 당신과 어색한 사이로 남기는 싫은 거다. 그래서 마치 내가 "콩나물국밥 먹으러 갈래?"라고 물어보는 지인의 제안을 정중히 거절하기 위해 없는 말을 지어내고 괜히 말을 돌리는 것처럼 당신의 호감 표현을 못 본 척, 못 들은 척하는 거다.

"뭐야, 내가 싫으면 싫다고 확실하게 표현하라구!"

당신이 아무리 악을 써도 그 녀석은 이게 당신의 구애를 상처 주지 않으면서 거절하는 유일한 방법이라고 생각할 것이다. 내가 콩나물국밥이 먹기 싫다고 같이 먹으러 가자는 지인을 무섭게 노려보며 "콩나물국밥 같은 소리 하네! 그렇게 콩나물이 드시고 싶으면 화분에 심어놓고 매일 뽑아 드시던가!"라고 쏘아붙일 수 있겠는가? 그 녀석도 마찬가지다. 대학 동기인 당신 면전에서 차마 거절할 수 없었던 거다. 그는 당신이 제풀에 지쳐 자신을 그만 좋아하길 바라고 있다.

남자가 여자에게 관심 없을 때는 여자의 호감 표현을 모른 척한다. 몇몇 순진한 여자는 남자가 여자에 비해 단순하고 둔한 편이기 때문에 호감 표현을 못 알아채는 거라 확신하지만, 완벽한 착각이다. 남자도 충분히 구별할 줄 안다. 이 여자가 나를 좋아해서 잘해주는지, 그냥 대학 동기로서 잘해주는지 말이다.

내 글의 독자 중 몇몇은 위와 같은 상황에서 결국 남자에게 고백을 했는데, 남자가 "솔직히 내 마음을 모르겠다" "더 생각할 시간을 달라"고 했다며 아직 그와 잘될 가능성이 있는 거냐고 묻는다. 난 그들이 대체 어떤 답을 듣기 원하는지 모르겠다.

단세포생물도 아니고, 지 마음을 지가 모르는 인간이 세상에 어디 있는가? 마음에 드는 여자가 자기에게 고백을 하는 대단히 운 좋은 상황이 벌어졌는데, "시간을 달라"고 말하는 멍청이는 또 어디 있냐는 말이다! 남자가 저렇게 말하는 건 당신이 마음에 안 든다는 뜻이다. 근데 매몰차게 거절할 수 없으니 완곡하게 돌려서 거절한 거다. 아마 당신이 몇 년 뒤에 다시 고백한다 해도 그는 여전히 자기 마음을 모를 테고, 그때도 "더 시간을 갖자"고 할 것이다.

상대방의 배려에 괜한 가능성을 두지 마라! 그리고 나에게 콩나물국밥을 사주지 마라!

당신을 좋아하는 남자는 음료수 하나만 건네도 당신에게 올 것이고, 당신을 별로라고 생각하는 남자는 차 한 대를 뽑아줘도 다른 여자에게 갈 것이다. 그러니 이제부터 정신 똑바로 차리고 당신의 호감 표현에 확실히 반응하는 사람을 잡아라. 그래야 앞으로 당신의 연애가 순탄할 거다.

요즘 남자는
무관심을
이렇게 표현한다

#2

        나는 앞에서 요즘 남자가 여자에게 관심 없을 때 하는 행동으로 '여자의 호감 표현을 모른 척하는 것'을 꼽았다. 이번 글에선 그 증거만큼 확실한 두 번째 증거를 공유하겠다. 두 번째 증거는 바로 '여자에 대한 정보를 쉽게 잊어버리는 것'이다.

        물론 원래부터 기억력이 안 좋은 사람이 있다. 나 또한 예외는 아닌데, 아이러니하게도 수십 년 전의 일은 아주 정확하게 기억하는 내가, 몇 분 전이나 몇 초 전에 일어난 일을 가끔 기억하지 못한다. 심지어 조금 전에도 그랬다. 샤워하러 욕실에 들어갔는데 온수를 켰는지 안 켰는지 도무지 생각이 나지 않는 것이다. 불과 몇 초 전에 벌어진 일인데 말이다. 다시 밖으로 나와 보일러를 확인하니 온수에 불이 들어와 있었다.

대체 이 나이에 왜 이러는지 모르겠지만, 한 번 만난 사람의 이름을 정확히 기억하거나 유치원 장기자랑 때 입은 옷의 브랜드까지 기억해 가족들을 놀라게 만드는 걸 보면 아직 병원에 갈 정도로 심각한 상황은 아닌 것 같아, 이런 일이 있을 때마다 그냥 웃고 넘긴다.

어쨌든 내 경우와 같이 단기 기억이 제 기능을 못하는 사람이 꽤 있다. 그렇다면 그런 사람은 관심 있는 이성에 대한 정보를 남보다 쉽게 잊을까? 절대 그럴 수 없다. 정말 치료가 필요할 정도로 기억력이 손상된 게 아니라면 사람은 관심 있는 이성에 대한 정보를 다른 정보보다 우선 처리하기 마련이다. 한 반에 있는 학생 40명 가운데 내가 관심 있는 이성에 대한 정보가 머릿속에 먼저 입력되는 것만 봐도 알 수 있지 않은가. 그런데 한 달이나 지났는데도 그가 당신의 이름을 모른다? 그 남자는 당신에게 전혀 관심이 없다.

이해를 돕기 위해 예를 하나 들어보겠다. 어느 금요일 밤,

당신은 친구의 연락을 받고 건대입구역 근처에 있는 고깃집에 갔다. 그런데 웬걸! 평소에 그렇게 남자를 소개해달라고 졸라도 아는 남자가 없다고 빡빡 우기던 대학 동기 지연이가, 자기 중학교 동창이라며 남자 둘을 소개해주는 게 아닌가!

당신이 가방을 지연이 옆으로 조심히 내려놓고 자리에 앉으며 남자들의 얼굴을 슬쩍 스캔하니, 그중 한 명이 완벽한 당신의 이상형이다! 당신은 흥분을 애써 가라앉히고 지연이의 팔을 툭 치며 "뭐야, 친구들하고 같이 있다고 미리 얘기 좀 해주지!"라며 괜히 핀잔을 준다.

행복한 식사 자리가 무르익었을 때, 지연이가 당신이 마음으로 찜해둔 남자를 쳐다보며 말을 건넨다.

"정태준, 너 아직 이사 안 갔어?"

"응, 부모님이 절대 안 된대. 나 이러다 노원구 지박령 되겠어."

남자가 허공에 손을 휘저으며 답한다.

"어? 노원 사세요?"

순간 당신도 모르게 질문이 튀어나왔다.

"네… 거기서 태어나서 지금까지 살고 있어요. 왜요?"

"아, 저는 창동 살거든요. 4호선 타면 한 정거장이잖아요!"

당신은 몸을 그 남자 쪽으로 한껏 기울인 채 신이 나서 말했다.

"아, 정말요? 완전 가깝네요. 제 친한 친구가 창동 살아서 거의 일주일에 한 번은 놀러 가요."

태준이의 그 말을 듣는 순간 당신은 속으로 쾌재를 불렀고, 그와 잘될 가능성이 높다는 확신을 갖게 되었다.

한 달 뒤, 당신은 지연이를 며칠 동안 꼬셔 태준이와의 두 번째 만남을 계획했다. 자연스럽게 만날 자리를 만들어달라는 당신의 특별 요청에 따라, 지연이는 당신을 태준이가 다니는 대학교 축제에 데려갔다. 축제의 공연 기획을 맡은 태준이는 매우 바빠 보였지만, 한 시간 뒤면 일이 다 끝나 태준이와 함께 뒤풀이를 할 수 있다는 지연이의 말에, 당신은 볼거리도 없는 남의 학교 축제를 한껏 즐기는 척하며 지연이와 캠퍼스를 배회했다.

한 시간 뒤, 정말 태준이가 친구들을 데리고 대학 근처 치킨집에서 뒤풀이에 합류했다. 당신은 긴장 반, 설렘 반으로 태준이와 나눌 대화를 기대하고 있었다. 태준이가 자리에 앉자마자 당신 친구 지연이를 보고 물었다.

"야, 지하철 곧 끊길 텐데 괜찮아?"
"어, 괜찮아. 택시 타고 가면 돼."
지연이가 아무 일도 아니라는 듯 팝콘을 집어 먹으며 대꾸했다. 그러자 이번엔 그가 당신을 쳐다보며 이렇게 묻는 게 아닌가!
"친구분은 어디 사세요?"

뭐?! 친구분은 어디 사세요???

당신은 태준이와 건대입구 고깃집에서 만난 그날부터 단 한순간도 그가 노원에 산다는 사실을 잊은 적이 없는데, 심지어 그 이유 때문에 그와 잘될 가능성이 높다고 내심 기대했는데… 친구분은 어디 사세요?

오… 내가 다 미안하다. 여기서 더 희망을 가져도 되냐고? 당신 대체 왜 이러는가! 그에게 희망을 가질 바에야 차라리 복권에 당첨되길 기대하는 게 훨씬 덜 실망스러울 것이다. 관심 있는 여자가 가까운 곳에 산다는데 그 사실을 쉽게 잊어버릴 남자는 없다. 아니, 솔직히 태준이 입장에선 그 기억을

잊는다는 건 관심이 없다는 것이다.

사람은 절대 자기가 관심 있는 대상에 대한

정보를 쉽게 잊어버리지 않는다.

잊은 것도 아니다. 처음부터 관심이 없었기에 마치 드라이아이스가 공기 중에 서서히 흩어지듯, 당신에 대한 정보가 자기도 모르게 머리에서 휘발된 것뿐이니까.

꼭 기억하기 바란다. 잊는다는 건 관심이 없다는 것이다. 사람은 절대 자기가 관심 있는 대상에 대한 정보를 쉽게 잊어버리지 않는다. 거기에 호감이란 애틋한 감정까지 가미됐다면 더욱 그럴 수밖에 없다. 그런 의미에서 상대에 대한 정보를 쉽게 잊어버리는 것은 상대에게 관심이 없다는 매우 강력한 증거라고 말할 수 있다.

당신이 좋아하는 남자가 당신이 말해준 정보를 자꾸 되묻는가? 그렇다면 이제 당신이 그에 대한 정보를 잊을 차례다. 아닌 건 아닌 거고, 안 될 사람과는 안 되는 거다. 여기서 마음을 더 키워봐야 실망하고 상처 받는 건 당신이다.

이제 당신이 그를 잊어라. 기억은 스스로 지워지기도 하지만, 기억하지 않음으로 서서히 떠나가기도 하니까.

#쉽게 #잊는다는건 #관심이 #없다는것

그의 시선과
눈웃음엔 어떤 의미가
있을까?

웃음엔 전염성이 있다. 내가 박장대소할 때 옆 사람의 입꼬리가 함께 올라가는 이유가 그 증거다. 이처럼 웃음은 분명 유쾌한 에너지를 주위에 흩뿌리며 상대방이 내게 긍정적인 느낌을 갖게 만든다. 게다가 웃음은 이성에 대한 호감과 결부될 때 임팩트가 더 커진다. 동성이 나와 대화할 때 입가에 지그시 미소를 띠어도 그 사람에 대한 호감도가 올라가는데, 미소 짓는 상대가 이성, 그것도 괜찮은 이성이라면 내가 상대에게 느끼는 호감이 얼마나 크겠냐는 말이다. 괜찮은 이성이 내게 미소를 띠거나 눈웃음을 치면 우린 그 미소에 담긴 의미를 탐구하기 시작한다.

'이 남자, 설마 나한테 관심 있나?'

'이 남자, 원래 아무한테나 이러고 다니나?'

이렇게 그의 미소 때문에 그를 생각하는 시간이 많아지면 우린 자연히 상대에게 빠져든다. 그리고 그의 마음을 알아내기 위해 모든 수단과 방법을 동원한다. 과연 남자가 여자에게 눈웃음을 치는 이유는 뭘까? 아니, 더 직설적으로 그렇게 행동하는 남자의 속마음과 의도가 뭘까? 물론 그 속마음과 의도는 남자마다 다를 수도 있지만, 일반적으로 볼 때 남자가 여자에게 눈웃음을 치는 이유는 세 가지로 압축된다.

첫 번째 이유는 '버릇'이다. 그러니까 눈웃음을 치는 게 그 남자의 버릇이란 말이지. 상대가 꼭 당신이어서가 아니라, 그 남자는 동성과 이성을 가리지 않고 누구에게나 눈웃음을 치는 사람이라고 보면 된다. 주위를 둘러보면 이런 사람이 꽤 많다는 사실을 알 수 있다. 이 각박한 세상을 자신의 상큼한 미소로 밝히고 싶다거나, 사회에서 살아남기 위해 억지로 미소를 연마했다거나, 이렇게 숭고하기도, 안쓰럽기도 한 여러 가지 이유 때문일 테지.

이런 남자에겐 한 가지 확실한 특징이 있다. 바로 남녀노소 불문하고 누구와 눈이 마주쳐도, 억지로 저러는 게 아닐까 싶을 정도로 매번 얼굴에 미소를 띠는 점이다. 내가 이런 미소나 눈웃음을 버릇이라고 부르는 것도 이 때문이다. 버릇에서 비롯된 미소와 눈웃음이 결코 나쁘거나 잘못된 건 아니지만, 그게 꼭 이성을 향한 호감의 표현이 아니라는 점만큼은 확실히 해두고 싶다.

남자가 여자에게 눈웃음을 치는 두 번째 이유는 '어장관리'다. 끼 많은 남자는 미소가 여자에게 주는 임팩트가 얼마나 큰지 잘 알고 있으며, 그걸 이용할 줄 안다. 그들은 여자와 눈이 마주치면 절대 피하지 않고 눈웃음으로 응수하며, 대화를 나누는 도중 여자가 말을 조금 버벅대면 귀여워 죽겠다는 표정으로 여자의 눈을 몇 초 동안 사랑스럽게 응시한다. 끼 많은 남자들의 이 '설렘 주입 작전'은 성공률이 매우 높아 그들이 대표적으로 사용하는 전략이며, 앞으로도 이 전략에 많은 여자들이 속수무책으로 당하고 말 것이다.

그렇다면 이들을 구별할 방법이 있을까? 물론 방법이 있긴 하다. 하지만 내가 당신에게 구별법을 알려준다 해서, 당신이 그를 걸러낼 수 있을지는 모르겠다. 그들의 의도와 속마음을 알아도 그들이 가진 매력 때문에 포기하기 쉽지 않을 테니까.

그들을 구별하는 방법은 간단하다. 앞서 말했듯이 그들은 여자의 마음을 설레게 하는 방법을 잘 알고 있다. 그 부분을 늘 기억하고 그의 행동을 관찰하라. 끼가 많은 남자는 대부분 바람둥이 기질이 있기 때문에 결코 한 여자의 마음을 얻는 데 만족하지 못한다. 고로 당신이 아닌 다른 여자에게도 똑같은 작전을 쓰고 있을 거란 말이지.

그가 다른 여자와 대화할 때, 당신은 멀리 떨어져서 상대 여자의 입장으로 그 상황을 지켜봐라. 대화 도중에 그 남자가 여자를 설레게 할 만한 말이나 행동을 했다는 느낌을 받았다면, 당신을 향한 그 남자의 미소와 예쁜 눈웃음은 당신을 자기 어장에 쑤셔 넣기 위한 작업이었음을 인정하라. 여기서 그 남자에 대한 호감을 접을지, 계속 둘지는 당신 뜻대로 하면 된다.

남자가 여자에게 눈웃음을 치는 마지막 이유는 당신에게 관심이 있기 때문이다. 당연하다. 관심이 있으니까 저절로 입꼬리가 올라가고, 관심이 있으니까 자기도 모르게 눈웃음을 치는 거다. 이들을 구별하는 방법은 앞서 소개한 두 가지 구별법을 반대로 적용하면 된다. 그러니까 이들은 평소 아무에게나 눈웃음을 치고 다니는 사람이 아니며, 다른 여자와 있을 때는 특별히 웃긴 상황이 아니면 얼굴에 미소를 잘 띠지 않는 남자일 거란 말이지.

솔직히 말해 남자는 대부분 이렇다. 남녀노소 가리지 않고 모든 사람에게 미소를 띠는 남자나, 여자에게만 눈웃음을 치는 플레이보이 타입은 결코 흔하지 않다. 그러기에 어떤 남자가 자꾸 당신에게 눈웃음을 친다면, 그는 앞에 언급한 세 번째 이유로 눈웃음을 치고 있을 확률이 가장 높다.

단, 여기에는 조건이 하나 붙는다. 이 조건이 충족되지 않는다면 이 또한 당신의 의미 부여가 만들어낸 허상일 가능성이 높다. 원래 사람은 자기가 좋아하는 이성이 아무 의미 없는 행동을 해도 큰 의미를 부여하는 법이니까.

남자의 눈웃음을 당신을 향한 호감 표현으로 해석하기 전에 당신이 꼭 확인해야 할 조건은 바로, 남자의 '시선'이다. 그러니까 평소에 남자가 자신을 쳐다보고 있다는 느낌을 자주 받았어야 한다는 말이다. 예를 들면 당신이 필통을 열다가 지퍼가 고장 나서 낑낑대는데 멀찍이 앉아 있던 남자가 그런 당신을 보고 배시시 웃는 모습을 목격하는 상황 말이다.

이런 일이 자주 있는데, 그가 당신과 시선이 마주칠 때마다 눈웃음까지 친다? 이건 반박할 수 없는 관심이다. 물론 남자의 성향에 따라 그 이상의 관심 표현이 없을 수도 있지만, 이런 행동을 병행한다는 점만으로도 그가 당신을 주목하고 있다는 사실만큼은 부정할 수 없다.

이제 당신 차례다. 웅크리고 있지만 말고 달려가 남자의 마음을 잡아라. 의심만 하다가는 아무 일도 해낼 수 없다. 자꾸 남자에게 더 큰 증거, 더 큰 표현을 요구하지 마라. 남자는 이미 잔뜩 용기 내어 당신에게 자기 마음을 여실히 보여주고 있다. 언제 그랬냐고? 남자의 시선이 늘 당신을 향해 있잖나! 그는 당신이 혼잣말을 해도 뒤돌아 당신을 바라보고, 당신의 시시한 농담에도 박장대소하잖나! 이보다 큰 증거를 요구하는 건 욕심이다. 그 욕심 때문에 쉽게 인정하지 않는 거겠지만, 당신은 그의 마음이 향하는 곳이 어딘지 이미 온몸으로 느끼고 있다.

시선이 머무는 곳이 곧 마음이 머무는 곳이니까.

친구에서
연인으로 발전할 수
있을까?

답답해 죽겠다. 물론 친구로 시작된 관계지만 단둘이 밥도 자주 먹을 만큼 각별한 사이가 됐는데, 그 녀석의 마음을 도무지 알 수가 없다.

그래, 난 그 녀석을 좋아한다. 물론 이성으로 말이다. 처음엔 그 녀석에게 일말의 설렘도 느낄 수 없었지만, 함께한 시간이 쌓여가면서 우정이 어느새 사랑으로 변했다. 요즘엔 그를 만나도 전처럼 환하게 웃을 수가 없다. 친구로서의 만남은 내게 더 이상 무의미하기 때문이다. 게다가 그 녀석이 내 앞에서 다른 여자 이야기라도 꺼내면 심장이 덜컹 내려앉는다. 그런 때 일그러진 내

요즘 남자에게 관심이 생긴 그대에게

표정을 보고는 왜 얼굴이 뾰로통하냐고 혹시 자길 좋아하는 거냐며 천진난만한 얼굴로 날 놀려대는 걸 보면, 난 녀석이 이미 모든 걸 알면서 날 가지고 노는 게 아닌지 의심이 든다.

심심하다며 부르고, 술 마시고 싶다며 부르고, 같이 영화나 보자며 부르고, 심지어 주말에 날도 좋은데 한강에서 치킨이나 먹자며 나를 불러대는 그 녀석. 대체 녀석의 속마음은 뭘까?

당신이 그 남자에게 여전히 친한 친구인지, 아니면 썸녀로 관계가 바뀌었는지 확인하고 싶다면 점검해야 할 몇 가지 요소가 있다. 당신이 그의 썸녀가 됐다면 남자는 반드시 당신에게 다음과 같은 행동을 보인다.

첫 번째 증거로 남자에게 매너가 생긴다. 당신을 편하게 대하던 그 남자의 말과 행동이 젠틀하게 바뀐다는 얘기다. 말투가 전보다 한층 부드러워질 것이며, 지금까지 한 번도 보여준 적 없는 매너 있는 행동을 할 것이다. 그와 대화하다가 어느 순간 문득 '어? 얘 왜 이래?'라는 생각이 든다면, 그가 당신에게 남자로 다가가는 중이라고 봐도 된다. 평소에 안 그러던 남자가 갑자기 이런 행동을 하니, 당신은 당연히 어색함을 느낄 수밖에 없다. 하지만 갑자기 찾아온 이 어색함이야말로 그가 당신을 썸녀로 대하고 있다는 명백한 증거다.

당신이 그의 썸녀가 됐다는 두 번째 증거는 남자의 계속되는 칭찬이다. 남자는 이성으로 느껴지는 여자의 장점을 찾아 칭찬하는 경향이 있다. 이는 반대로 생각해도 마찬가지다. 관심이 없다면, 상대가 칭찬 받을 만한 일을 하지 않는 이상 굳이 상대의 장점을 찾아서 칭찬할 이유가 없다. 그러나 사람은 누군가에게 호감이 생기면 그 사람의 환심을 얻기 위해 칭찬할 거리를 계속 찾는다.

이런 이유로, 평소에 여자를 면박 주고 놀리기만 하던 남사친이 어느 날 느닷없이 당신의 눈을 지그시 바라보며 장점을 칭찬한다면, 그 남자가 당신을 여자로 느끼고 있다고 보아도 무방하다.

그가 당신을 썸녀로 대하고 있다는 마지막 증거는, 당신을 지나치게 챙기는 모습이다. 누구에게나 친절한 남자가 아니라면 이성으로 느껴지지 않는 여자를 지속적으로 챙길 남자는 없다. 더욱이 그가 과거에 당신을 전혀 챙기지 않았다면 말이다.

당신이 평소에 잘만 들고 다니던 에코백을 괜히 들어준다 하고, 당신이 과제를 하느라 점심을 거르면 밖에서 음식을 사다 주고, 당신이 감기에 걸려서 병원에 간다 하면 갑자기 전화를 걸어 당신을 한껏 걱정해주고… 이렇게 전에는 볼 수 없던 당신을 챙기는 그 남자의 모습은, 그가 약을 잘못 먹어서 갑자기 착해진 게 아니라 그가 당신을 여자로 느낀다는 증거다.

반면에 여전히 밥을 같이 먹고, 단둘이 술을 마시고, 함께 영화도 보지만 남자에게서 위와 같은 태도의 변화가 전혀 보이지 않는다면, 그는 여전히 당신을 여사친으로 생각한다고 보면 된다. 만약 그가 못된 남자라면 이런 상황에서 당신을 친구라는 명목으로 자기 어장에 가둬 관리할 수도 있다.

상황이 이렇다면 결단이 필요하다. 당신도 그 남자가 이성으로 느껴지지 않는다면, 이 관계를 그대로 유지해도 좋다. 그러나 당신은 그를 점점 남자로 느끼는데 상대의 마음은 일말의 변화도 없는 것 같다면, 당신은 이런 애매한 관계를 즉시 중단해야 한다. 왜냐고? 이런 상황에서 앞으로 당신이 얻을 건 상처밖에 없으니까.

난 남자와 여자가 친구가 될 수 있다고 믿지만, 다 그럴 수 없다는 것 또한 알고 있다. 그리고 인정한다. 한쪽이 상대에게 마음이 생기는 순간, 더 이상 이어갈 수 없는 우정. 남녀의 우정은 분명 불완전한 우정이다.

요즘 남자에게 관심이 생긴 그대에게

도도한 여자
vs.
적극적인 여자

#1

　　　　　　　　사랑을 하는 데 있어 여자는
크게 두 타입으로 나뉜다. 좋아하는 남자에게 다가가 마음
을 표현하는 적극적인 여자, 좋아하는 남자가 다가올 때까지
마음을 감추는 도도한 여자. 어떤 타입이 낫다고 말할 수는
없다. 사람마다 성격이 다르듯 이성을 대하는 방법도 분명
다를 테니까.

하지만 '가면을 쓰고 있는 여자'는 좀 다른 케이스다. 쉽게
말해 원래 적극적인 성향인데, 자존심 때문에 일부러 도도하
게 행동하는 경우다. 이런 여자들이 공통적으로 겪는 증상

이 속에서 뭔가가 자꾸 명치를 쿵쿵 쳐대는 것이다.

- 문득 그 남자 생각이 떠오를 때
- 운 좋게 그 남자와 대화를 나눴는데, 마음을 전혀 표현하지 못했을 때
- 그 남자를 오래 볼 수 없는 상황이 생길 때
- 그 남자가 다른 여자와 다정하게 이야기 나눌 때

이런 경우 여자는 자기 속에 숨어 있는 누군가가 주먹으로 명치를 쿵쿵 쳐대는 느낌을 받는다. 이때 아리고 쓰린 감정이 온몸으로 퍼지는 걸 경험하기도 할 것이다. 내 몸의 어떤 호르몬이 그런 감정을 퍼뜨리는지 모르지만, 남자에 관련된 생각만 하면 어김없이 그 감정이 온몸을 타고 흐른다.

그거 아는가? 이렇게 방치하면 극심한 스트레스로 이어진다. 쓰린 감정이란 녀석은 허락도 받지 않고 스트레스성 소화불량과 불면증이라는, 자기와 가장 친한 친구들의 손을 꼭 잡고 불시에 당신을 찾아올 것이다. 그러면 당신은 가족이나 친한 친구처럼 가장 편하고 소중한 사람들에게 괜히 짜증을 부리며 아주 예민한 모습을 보이기 시작할 것이다.

이 모든 일은 당신이 쓰고 있는 가면 때문에 발생한다. 당신은 분명 사랑이라는 주제에서만 벗어나면 무척 활발하고 적극적인 사람일 것이다. 먹고 싶은 게 있으면 가까운 시일 내에 먹어야 하고, 그럴 상황이 아니어도 사고 싶은 것이 있으면 사야 직성이 풀리며, 타인에게 아무리 훌륭한 충고를 들어도 가슴이 거부하면 충고 대신 자기 마음의 소리에 따라 사는 여자다. 이렇게 적극적이고 주도적인 당신이 마음에 드는 남자 앞에서 감정 표현을 꾹꾹 누르고 있으니, 몸과 마음이 답답한 건 어찌 보면 당연한 일이다.

그렇다면 당신은 도대체 왜 다른 일에는 적극적으로 임하면서 사랑에는 소극적인 태도를 취하게 되는 걸까? 이유야 다양하겠지만 가장 큰 영향을 준 것은 단연코 대중매체일 것이다.

과거에 어떤 개그우먼이 라디오 프로그램에 출연하여 짝사랑하는 동료 개그맨에게 구애했던 사실을 고백해 화제가 된 적이 있다. 그녀는 라디오 녹화가 있기 1년 반 전에도 공중파의 한 예능 프로그램에 그 동료 개그맨과 동반 출연하여 그가 자신의 고백을 네 번이나 거절했지만, 여전히 그가 좋다는 고민을 토로했었다.

당시 프로그램 진행자들이 그 개그맨에게 도대체 왜 그녀의 고백을 네 번이나 거절했는지 묻자 그 개그맨은 가장 큰 이유로 여자가 자기보다 기수가 높은 선배라는 사실을 들었지만, 진행자들이 그건 말도 안 되는 이유라고 밀어붙이자, 그는 마지못해 그녀가 너무 적극적이라 부담스럽다는 뉘앙스의 이야기를 덧붙였다. 많은 여성이 이런 이야기를 듣고 잘못된 깨달음을 얻는다.

'역시 남자는 적극적인 여자를 싫어해!'

그녀들은 마침 관심 있는 남자에게 적극적으로 행동하면 쉽게 보일 것 같기도 하고, 여자로서 자존심이 상할 것 같다고 느끼던 참에 귀한 진리를 발견했다는 희열을 느끼며, 그때부터 속이 아무리 타들어도 남자에게 적극적인 여자로 보이지 않기 위해 갖은 노력을 기울인다. 그리고 자판기에 동전을 넣지 않으면 음료수가 나오지 않는 자연의 섭리처럼, 그녀들은 부정할 수 없는 한 가지 사실과 마주한다.

'남자와의 관계에 아무런 진전이 없다'는 지극히 당연한 사실 말이다.

이런 사실을 맞닥뜨린 여자들이 공통적으로 털어놓는 고민이 있다. 그중 몇 가지 나열해보면 "남자와 도무지 친해질 방법이 없다" "이 남자는 내게 관심이 없는 것 같다" "남자가 표현을 확실히 하지 않는다" 등이다.

대체 이게 뭐란 말인가? 그 개그맨을 위시하여 "적극적인 여자가 부담스럽다"고 주장하는 남자들은 분명 존재한다. 이 또한 엄연한 사실이다. 그러나 나는 남자로서 그 말은 "절대 사실이 아니다"라고 감히 주장할 수 있다.

나는 지금 뭐 하는 걸까? 의견 차이를 인정하지 않는 걸까? 저 남자들이 거짓을 말하고 있다고 주장하는 걸까? 결코 아니다. 자, 그럼 집중을 부탁해도 될까? 지금부터 내 주장의 포인트를 하나하나 설명할 테니까.

도도한 여자
vs.
적극적인 여자

#2

　　나는 앞에서 "적극적인 여자
는 부담스럽다"는 남자들의 말이 결코 사실이 아니라고 했다.
내가 이렇게 주장하는 이유는 다음과 같다. 20세기 초, 미
국의 물리학자 알베르트 아인슈타인이 상대성이론을 발표한
바 있다. 하지만 내 머리에서 과학적 사고를 담당하는 물질
이 15년 전 나를 포기하고 홀연히 어디론가 떠나버렸기 때문
에, 난 아무리 쉬운 용어로 설명한 과학 서적을 읽어도 아인
슈타인이 말하는 특수상대성이론과 일반상대성이론을 정확
히 이해할 수 없었다.

아인슈타인이 상대성이론을 발표한 시기에도 나 같은 기자가 한 명 있었나 보다. 그 기자가 '상대성'이 무엇인지 쉽게 설명해달라고 부탁하자, 아인슈타인은 위트 넘치는 표정으로 이렇게 답했다고 한다.

"예쁜 여자와 함께 있을 때는 한 시간이 마치 1초처럼 흘러갑니다. 그런데 뜨거운 난로 위에 앉아 있으면, 1초가 마치 한 시간처럼 느껴지지요. 이게 바로 상대성원리입니다."
　명쾌한 대답에 기자는 무릎을 쳤고, 나도 무릎을 쳤다. 나는 바로 이 상대성원리가 남녀 관계에도 아주 큰 역할을 한다는 사실을 당신에게 알려주고자 한다.

당신이 인정하든 인정하지 않든, 인간은 완벽하게 공정한 태도로 모든 사람을 대하지 않는다. 우리는 자기 눈이나 마음에 들어오는 사람에게 훨씬 더 호의적인 태도를 보인다. 예쁜 여자 손님이 한 일이라고는 주문한 음식을 먹은 것밖에 없으나 레스토랑의 남자 사장에게 레모네이드 한 잔을 서비스로 받고, 잘생긴 남자 손님이 와서 한 일이라고는 강아지 옷을 둘러본 것밖에 없으나 애견용품 숍에서 여자 사장에게 개껌을 공짜로 얻어 나오는 이유가 바로 이것이다.

당신은 어떤가? 혹시 이런 기억이 없는가? 마음에 들지 않는 남자가 당신에게 일방적으로 호감을 표현했을 때, 당신은 그를 '부담스러운 남자' 취급했다. 반면 마음에 드는 남자가 헷갈리는 행동을 일삼고 당신에게 섣불리 호감을 표현하지 않았을 때, 당신은 그를 '용기 없는 남자' 취급했다. 이 또한 상대성이다. 같은 맥락에서 "적극적인 여자가 싫다"는 남자들의 말도 상대성이 듬뿍 담긴 말이라는 뜻이다. 저 문장에는 숨겨진 속뜻이 있다. 당신의 이해를 돕기 위해 내가 저 문장을 풀어서 설명해보겠다.

'적극적인 여자가 싫은 게 아니라, 내 마음에 들지 않는 여자가 적극적인 게 싫은 것.'

이게 남자의 진심이다. 남자도 마음에 드는 여자가 충분히 호감 표현을 하지 않고 불분명한 태도로 자신을 헷갈리게 하면, 그 여자를 '어장관리녀' 취급한다. 또 "저 여자가 내게 관심이 없으니까 딱 그만큼 행동하는 거겠지 뭐"라며 샐쭉해지기 일쑤다.

자, 우리는 가뜩이나 아무도 믿기 힘든 세상에서 자신마저 속일 필요는 없다. 나도 알고, 너도 알고, 우리 모두 아는

바로 그 사실을 시원하게 인정하자. '우리는 좋아하는 이성이 내게 호감을 적극적으로 표현해주기 바란다.' 이 말이 틀렸다면 이성 때문에 고민하는 남녀는 한 명도 없을 것이며, 내가 개인적인 상담은 시간상 도무지 불가능하다고 수없이 공지했음에도 '이 남자가 저한테 관심 있는 게 맞는지 좀 봐주세요'라는 제목이 붙은 상담 요청 메일이 날마다 수십 통씩 내 메일함에 도착할 이유가 없을 테니까.

자꾸 남자와 여자를 다른 생명체라고 생각하지 말자. 거기서 모든 오해와 논란이 발생한다. 여자들이 자신에게 적극적으로 관심을 표현하는 남자에게 호감을 느낀다면, 남자들도 자신에게 적극적으로 관심을 표현해주는 여자에게 호감을 느낀다고 보는 게 옳다.

상대에게 아무런 호감 표현도 하지 않으면서 왜 상대가 나를 좋아하지 않느냐고 따져 묻는 건, 마치 기업 공채 서류전형을 통과한 취준생이 면접관이 하는 모든 질문에 시종일관 무표정에 단답으로 일관하고 "이 회사는 대체 왜 나를 안 뽑은 거냐!"며 버럭 화를 내는 것과 같다.

어떤 회사가 당신의 능력을 알아보고 당신을 스카우트하

려는 경우가 아니라면, 당신의 소극적인 태도에 매료되어 당신을 채용할 회사는 어디에도 없다. 마찬가지로 당신에게 첫눈에 반한 남자가 아니라면, 당신의 소극적이고 수동적인 태도에 매력을 느낄 남자도 세상에 존재하지 않는다.

여전히 내 말이 믿기지 않는가? 그래도 남자라는 존재는 여자가 적극적이면 부담스럽게 여길 것 같은가? 결정적으로 이 글이 남자가 쓴 글이라 그 저의가 의심스러운가?

그렇다면 나는 이제 "믿지 못하겠다"는 당신의 그 말을 믿지 못하겠다. 이쯤 되면 그 의심과 불신은 그저 자존심과 품위를 잃고 싶지 않은 당신의 귀여운 반항일 테니까.

그의 마음이
너무
헷갈린다면?

일주일에도 몇 번씩 천국과 지옥을 오간다. 며칠 전 그의 눈웃음을 보고 내게 관심이 있다는 걸 확신했는데, 오늘 점심시간에 그가 친한 여자 후배와 단둘이 써브웨이에 간 걸 보니 관심이 아니었던 것 같기도 하다. 이건 비단 어제오늘 일이 아니다. 지난주에는 그가 내 친구에게 나에 대해 계속 물어봤다는 말을 듣고 기쁨에 겨워 학교 옥상까지 뛰어 올라갔다 왔지만, 며칠 뒤 그가 자기 친구들과 속초로 여행을 간다며 나와 개인적으로 친해질 수 있는 절호의 기회인 동아리 회식에 참석하지 않았다는 사실에 절망했다.

요즘 남자에게 관심이 생긴 그대에게

대체 이 남자는 왜 이렇게 나를 헷갈리게 만들까? 관심이 있으면 적극적으로 표현하고 아니면 말지, 왜 매번 내 감정이 롤러코스터를 타게 만드느냐 말이다! 계속 이렇게 대비된 행동을 일삼는 이 남자의 진심이 궁금하다.

자, 당신이 지금 그 남자 때문에 혼란스러운 건 알겠지만, 이런 일은 당신뿐 아니라 대다수 여자들이 겪는다. 그녀들이 왜 이런 일을 겪는지 알고 있는가? 상대의 행동을 자기 기준에 맞추기 때문이다. 그 남자의 행동이 자기 기준에 맞으면 뛸 듯이 기뻐하고, 그 남자의 행동이 자기 기준에서 조금이라도 벗어나면 도박장에서 재산이라도 날린 듯 침울한 표정으로 하루를 보낸다.

대체 이게 무슨 짓인가? 왜 남자의 행동 하나에 일희일비하는가? 당신이 독립된 인격체인 것처럼 그 남자 또한 독립적인 인격체다. 그 남자는 결코 당신이 원하는 대로 움직여주지 않을 것이다. 당신은 그 남자가 당신과 눈이 마주칠 때마다 눈웃음을 쳐주고, 남자친구가 있는지 물어봐주고, 다른 여자들과 일절 교류하지 않으며, 당신이 참석하는 회식에는 무조건 함께하길 원하겠지만, 남자에겐 자기만의 생각과 상황이 있다. 남자가 당신의 아바타도 아니고, 어떻게 당신이 바라는 모습 그대로 행동할 수 있겠나?

남자가 당신에게 푹 빠져 졸졸 따라다니지 않는 이상, 당신이 헷갈리는 건 당연하다. 그 시기는 원래 그런 시기라고. 반대로 당신은 그 남자에게 무슨 확신을 줬나? 그의 행동을 관찰한 게 전부 아닌가? 그 남자가 당신에게 관심 있는 상황이라면, 그 남자 입장에선 당신 마음이 더 헷갈릴 텐데.

또한 그 남자는 지금 당신을 위해 엄청나게 노력하는 중인지도 모른다. 왜 그 남자가 당신에게 눈웃음치고 당신에 대해 알아보려고 노력하는 게 아무 의미 없는 일이라고 생각하는가? 당신은 그 정도라도 해봤나? 물론 모든 게 우연일 수도 있지만, 남자가 당신과 눈이 마주칠 때마다 눈웃음치고 당신에 대한 정보를 친구에게 묻는다는 건 매우 긍정적인 신호다. 이 사실만으로 당신이 그 남자에게 관심을 표현해도 전혀 이상할 게 없다는 말이다.

그러나 당신은 뒤에서 팔짱을 끼고 속으로 '조금 더 노력해봐!' '조금 더 마음을 보여줘!'라는 말만 주야장천 외치고 있다. 내가 확신하건대 당신에겐 결코 만족이 없을 것이다. 앞으로도 남자는 자기 상황과 생각에 따라 움직일 테니까.

당신은 남자의 마음이 헷갈린다고 하소연하고 다닐 게 아니라, 그의 속마음이 뭔지 직접 알아봐야 한다.

어떻게? 이제 당신이 다가가야지. 그가 당신에게 눈웃음치면 당신은 그와 대화할 때 슬쩍 그를 터치하고, 그가 당신 친구에게 당신이 만나는 남자가 있는지 물으면, 당신은 그에게 직접 다가가 사귀는 여자가 있냐고 물어보면 된다! 이렇게 행동하지 않으면 당신의 헷갈림도 곧 끝이 날 것이다. 남자가 표현이 없는 당신에게 지쳐 곧 떠나갈 테니까.

다시 한 번 말하지만, 관심 있는 사람의 마음은 누구나 헷갈린다. 세상 그 누구도 상대의 속마음을 들여다볼 수 없으니 말이다. 그러기에 남자의 마음이 헷갈린다고 남자에게 더 확실히 행동하라고 요구하는 건 매우 이기적인 요구일 뿐이다.

이 혼란을 끝내고 싶다면, 당신이 직접 나서는 수밖에 없다. 이제 그의 호의를 받는 데서 그치지 말고, 호의를 두 배로 불려 그에게 돌려줘라. 호의를 받은 남자는 점점 당신에게 확신을 주려고 노력할 것이며, 더 이상 당신은 그의 마음이 헷갈리지 않을 것이다.

예부터 우리 선조들은 '사랑을 쟁취하다'라는 표현을 써왔다. 겪어보니 정말 그 말이 옳다. 사랑은 결코 거저 주어지지 않는다. 사랑은 내가 용기를 내어 쟁취하는 것이다.

나 좋다는
연하남과
사귀어도 될까?

내가 좋다고 따라다니며 적극적으로 대시하는 연하남. 처음에는 남동생 같았지만, 자주 만나니 이 녀석에게도 남자다운 면이 보인다. 게다가 황금 같은 주말에 나를 만나겠다고 그렇게 좋아하던 친구들과의 술자리까지 포기하는 걸 보면, 나를 향한 호감이 찰나의 감정은 아닌 모양이다. 지금까지 살아오며 연하남에게 마음을 열어본 적이 없는데, 이번만큼은 마음을 열고 연하남을 만나도 좋을까?

개인적인 이야기를 하자면, 난 사랑에 나이는 아무 상관이 없다고 생각하는 사람이다. 나 또한 과거에 연상의 여자들과 썸을 타기도 했으며, 그중 한 명과는 진지한 만남을 갖기도 했다. 더욱이 남자들끼리 모일 때 자주 이야기하는 주제 중 하나가 '여자 나이'기 때문에, 오빠만 만나온 불문율을 깨고 연하남을 만나도 되냐는 당신의 질문에 내가 꼭 해주고 싶은 조언이 있다.

당신이 먼저 알아야 할 것은 연하남이라고 다 같은 연하남이 아니라는 점이다. 세상엔 두 부류의 연하남이 있다. 첫 번째는 연상녀에게 기대고 싶어 하는 연하남이며, 두 번째는 연상녀를 리드하고 싶어 하는 연하남이다.

여기서 질문 하나 하겠다. 당신은 앞에 언급된 두 부류의 연하남 중 어떤 타입이 연상녀와 꾸준하고 안정적인 연애를 할 수 있다고 생각하는가? 내가 직접 겪어보고 주변의 연상 연하 커플을 관찰한 결과, 첫 번째 부류가 시간이 지나고 나이가 들어도 연상녀와 꾸준히 안정적인 관계를 유지하는 비율이 높았다.

그럼 두 번째 부류는 어떻게 되냐고? 그들은 시간이 지나고 나이가 들었을 때, 자기보다 어린 여자를 찾아 떠나는 경우가 많았다. 왜 두 부류의 연하남은 시간이 지나면서 다른 모습을 보일까? 그건 그들이 지니고 있는 성향 때문이다.

첫 번째 부류, 그러니까 연상녀에게 기대고 싶어 하는 연하남은 자기보다 현명하고 경험이 많은 사람에게 위로 받고자 하는 욕구가 강하다. 이런 욕구가 성품에 각인됐기에, 시간이 지나고 나이가 들어도 일반적으로 자기가 책임져야 하고 위로해줘야 하는 연하의 여자보다 자기를 위로해줄 수 있는 연상녀에게 깊은 끌림을 느낀다. 이러한 기질 덕분에 이들은 연상녀와 비교적 꾸준하고 안정적인 연애를 할 수 있는 것이다.

반면, 두 번째 부류는 처음부터 매우 다른 이유로 연상녀에게 끌린다. 이들은 특히 10대 후반이나 20대 초·중반에 연상녀를 만나고 싶어 하는데, 가장 큰 이유는 바로 '정복욕'의 충족이다. 그러니까 이들은 연상녀를 자기와 동등한 위치인 연인으로 만들어, 여자로서 아주 매력적이지만 자기보다 나이가 많아 지금껏 어렵게 대할 수밖에 없던 그녀를 친구 대하듯이 할 수 있다는 데서 희열을 느끼고 싶어 한다. 쉽게 말해 자기보다 나이 많은 여자에게 반말을 하며 그녀를 컨트롤하는 것 자체를 즐긴다는 말이다.

두 번째 부류의 연하남은 시간이 지나고 나이가 들면서 더 이상 연상녀에게 매력을 느끼지 못하는 경우가 많다. 20대 초·중반에 연상녀를 경험해 정복욕을 이미 충족했거니와, 이제 자기 나이도 결코 적지 않기 때문이다. 그들 중 대다수는 20대 후반에 접어들면, 결혼을 생각하는 연상녀 대신 자기를 오빠라 부르며 따라다니는 연하의 여자를 부담 없이 만나려 들고, 서른 살이 넘어가면 "여자는 어릴수록 좋다"는 망언을 퍼뜨리고 다닌다.

그래서 난 요즘 연하남이 눈에 들어온다는 당신에게 그가 위에 언급한 두 부류 중 어디에 속하는지 먼저 파악하라고 당부하고 싶다. 그리고 그가 첫 번째 부류의 연하남 같다면 만남을 긍정적으로 생각해보고, 두 번째 부류의 연하남 같다면 만남을 신중히 고려하라고 조언하고 싶다. 앞서 말한 통계가 모든 연하남에게 적용되지는 않겠지만, 어떤 일에서 확률이 높다는 건 그 상상 속의 일이 현실이 되는 경우가 잦다는 말이니까.

그저 호기심으로 당신을 만나려는 두 번째 부류 연하남과의 만남을 신중히 생각하라. 그에게는 당신을 향한 진실한 마음이 없다. 그는 당신이란 여자가 아니라 '누나'라는 특정한 조건이 주는 짜릿한 스릴을 원할 뿐이다. 그 스릴과 정복욕이 충족되면 그는 미련 없이 당신을 떠날 것이다.

여기서 당신이 절대 오해하면 안 되는 건, 연하남을 만나는 데 위와 같은 리스크가 존재한다고 해서 연상의 남자를 만나는 데는 아무 리스크가 없는 게 아니라는 점이다.

괜찮은 남자는 나이가 많든 적든 괜찮을 것이다. 그러니 이제 남자를 연상, 연하로 구별하지 말고 상대의 진심과 의도를 파악하자.

어차피 사랑을 찾는 일은 최고를 뽑는 일이 아니라, 나쁜 것들을 걸러내는 일이니까.

운명의 상대란
정말 존재하는
걸까?

연애 경험이 별로 없고 환상만 잔뜩 있을 때, 우리가 자주 하는 착각이 있다. 내 운명의 상대가 세상 어딘가에 반드시 존재하리라 믿는 것이다. 그를 마주치는 순간 눈에서 스파크가 일어나며, 그를 피하려고 해도 계속 마주치고, 아무리 시간이 흘러도 결코 사랑이 식지 않는 그런 운명 같은 상대 말이다.

많은 사람들이 연애 경험이 쌓이면 그런 운명의 상대는 세상에 존재하지 않는다는 사실을 깨닫는다. 그러나 연애 경험이 쌓여도 아직 내가 운명의 상대를 만나지 못한 것이라 생각하며 현재 곁에 있는 남자친구와 여자친구에게 만족하지 못하고, 언젠가는 애 말고 운명의 상대가 자기 인생에 찾아올 거라는 핑크빛 희망을 품고 사는 사람도 있다.

나는 단언할 수 있다. 내게 평생 설렘을 주는 이성은 존재하지 않는다. 그 신기루 같은 존재를 마냥 기다리다 보면 당신 주위에 괜찮은 이성은 다 떠나가고, 결국 당신 홀로 남겨질 것이다.

당신이 꿈에 그리던 외모를 가진 남자를 만난다고 해도 시간이 흐르면 설렘은 사라지게 마련이며, 익숙함과 권태가 반드시 찾아온다. 그때마다 운명 운운하며 상대를 버리고 떠난다면, 당신은 진실한 사랑이란 걸 죽을 때까지 해보지 못할지도 모른다.

나도 안다. 인간의 욕심은 끝이 없기에, 지금보다 나은 뭔가가 나를 기다리고 있을지도 모른다는 기대를 하게 되는 심리 말이다. 그러나 지금 소유한 것에 만족하지 못하고 감사할 줄 모르는 사람이, 새로운 어떤 것이 주어졌을 때 만족하고 감사하는 걸 나는 단 한 번도 본 적이 없다. 그는 분명히 그 새로운 것의 단점을 금방 찾아내고, 다시 새로운 무언가를 추구할 것이다.

인간의 삶은 예측 불가능하여, 당신은 자신의 삶이 언제 끝날지 결코 알 수 없다. 우리가 그런 불확실한 삶을 살아가고 있다면, 당신이 지금 소유한 모든 것이 살아가며 소유할 마지막 것일 수도 있다는 사실을 자각해야 한다. 그렇다면 현재 당신 곁에 있는 소중한 사람의 존재에 감사하지 않을 이유가 있는가? 영원히 살 것처럼, 죽지 않을 것처럼 살다가 결국 아무것도 온전히 누리지 못할 수 있다.

진짜 사랑은 설렘이 식지 않고 가슴이 매일 뜨거운 것으로 증명되는 게 아니라, 나와 인생 여정을 함께 걷기로 한 고맙고 소중한 사람을 배려하고 지켜주는 것으로 증명된다.

내게 평생 설렘을 주는 이성은 존재하지 않는다.

그 신기루 같은 존재를 마냥 기다리다 보면

당신 주위에 괜찮은 이성은 다 떠나가고,

결국 당신 홀로 남겨질 것이다.

요즘 남자와   썸을 타게 된

그대에게

당신을 정말 행복하게 만들어줄 남자는

달콤한 말을 하는 남자도 아니고, 당신이 예상치 못한 때

값비싼 선물을 들이미는 남자도 아니다.

시간이 지나도 한결같이 당신만 바라보는 사람.

처음에는 그게 하찮아 보일지 몰라도 끝에는 전부가 된다.

그렇다. 결국 사랑도 나무가 아니라 숲을 보는 일이다.

밀당이 요즘
남자에게 잘 안 먹히는
이유

과거에 누군가가 여자들 사이에 이런 말을 퍼뜨리고 홀연히 사라졌다.

"남자는 먼저 다가오는 여자를 쉽게 본대."
"여자는 튕길 줄 알아야 더 매력적이래."
"남자는 자기를 안달 나게 하는 여자에게 끌린대."

이런 루머는 괜한 자존심을 '용기 없음'으로 포장하며 살아온 여자들에게 폭발적인 반응을 얻었고, 많은 여자들이 사랑을 찾는 데 점점 더 수동적으로 변하게 만든 원인이 됐다.

요즘 남자와 썸을 타게 된 그대에게

하지만 시간이 조금 흐르자 그녀들은 기이한 일을 경험한다. 변하는 트렌드에 맞춰 외모를 가꾸고 남부럽지 않은 스펙도 쌓았는데, 주위에는 부담스럽게 들이대는 남자들밖에 없으며, 정작 본인 스타일의 남자들은 적극적으로 대시해오지 않는다는 것이다.

그녀들을 더 황당하게 만드는 건, 호감 있는 남자에게 적극적으로 행동하는 여자들이, 외모나 스펙이 자신의 그것과 별 차이가 없음에도, 괜찮은 남자들에게 꾸준히 대시를 받는다는 점이다. 이런 일이 주변에서 빈번히 일어나자, 밀당 지지파인 그녀들은 도저히 이해할 수 없다는 반응을 보였다. 연락으로 밀당을 하거나 남자를 애태우는 방법도 모르는 연애 초보 같은 저 여자들이, 대체 어떻게 매번 괜찮은 남자를 만날 수 있는지 말이다.

실망을 넘어 분노를 느낀 그녀들이 할 수 있는 것은 날선 비판뿐이다. 그 여자들이 남자에 환장한 것이 분명하다고, 자존심도 없는 연애 초보라고 비웃으며 조롱한다.

그러나 현실은 반대다. 연애 초보는 호감 있는 남자에게 먼저 다가가는 적극적인 여자들이 아니라, 호감 있는 남자와 잘돼간다 싶으면 대뜸 밀당부터 시도하는 밀당 지지파 그녀들이다. 밀당이 정확히 상대에게 어떤 영향을 미치는지는 입장을 바꿔 생각하면 답이 보인다.

매일 외롭다고 투덜대던 당신 눈에 어느 날부터 한 남자가 들어오기 시작했다. 게다가 최근에는 그와 더 가까워졌다. 서로 개인적인 이야기를 묻고 답하기도 했고, 자연스럽게 연락처도 교환했다. 그와 연락처를 교환한 지 일주일이 지나고, 보름이 지났다. 남자에게서 연락이 없다.

분명 만날 때는 뭔가 있다는 느낌을 받는데, 뒤에서는 아무런 연락이 없다. 당신은 이 모든 게 착각인가 싶어 우울했다가도, TV 프로그램이나 잡지에서 '남자는 진짜 좋아하는 여자에게는 쉽게 연락 못 한다'는 멘트나 칼럼을 접하면 '아, 그래서 그 사람이 내게 연락을 못 하는 거구나!' 하며 하루 종일 상기된 기분으로 지낸다. 하지만 현실은 변하지 않는다. 당신이 아무리 핑계를 찾아도 남자 이름으로는 문자나 카톡이 단 한 통도 오지 않는다.

'나한테 괜히 뭐 물어보는 척 연락하면 최선을 다해 답해 줄 텐데…'

'나한테 밥 먹었냐고 물어보면 저녁 약속까지 잡을 자신 있는데!'

매일 이런 상상만 하다가 참기 힘들어진 당신은 파격적인 결심을 한다. 자존심을 잠시 접어두고 그에게 카톡을 보내기로 말이다.

「정우 씨, 혹시 그때 살 거라고 말씀하신 기욤 뮈소 신작 샀어요? 괜찮으면 저도 이번에 구매하려고요~ ^^」

당신은 수백 번 고민한 끝에 고른 문장을 카톡 채팅창에 입력하고, 크게 심호흡을 한 뒤 전송 버튼을 누른다. 심장은 미친 듯이 두근대고, 당신의 두 눈은 휴대폰만 응시한다. 그렇게 1분, 5분, 10분, 30분, 한 시간, 두 시간, 네 시간이 흘렀다.

남자에게서 답이 오지 않는다. 당신은 남자가 바쁜 일이 있을 거라고 믿어보려 애쓴다. 카톡을 보낸 지 다섯 시간이 막 지났을 때쯤, 카톡이 도착했다는 알림음이 울린다! 당신이 반가운 마음으로 휴대폰을 손에 잡고 그 남자의 카톡을 미리보기로 읽는다.

Chapter. 2

「아뇨, 그 책 아직 못 샀어요. ㅜㅜ」

당신이 다섯 시간을 기다려서 받은 답장이 이런 내용이라면 어떤 기분이 들 것 같은가? 아니, 처음으로 돌아가서 당신이 그에게 받고 싶은 답은 무엇이었나?

「슬기 씨, 잘 지내셨나요^^ 그 책 샀는데 이틀 만에 다 읽었어요~ 기욤 뮈소의 다른 책들처럼 술술 읽히네요!」
「아! 그리고 책 사지 마세요. 제가 빌려드릴게요. 금요일에 시간 괜찮으면 잠깐 봬요~」

당신의 질문에 성실하게 답해주면서도, 당신을 보고 싶다는 속마음을 은은하게 내비치는 이런 답 아니었나? 설령 그가 책을 아직 못 샀더라도,

「슬기 씨, 잘 지내셨나요^^ 제가 산다고 해놓고 아직 서점에 못 갔네요~ 혹시 책 구매하실 거면 금요일에 저랑 같이 서점 가실래요?」
이런 친절한 답을 내심 기대하지 않았냐는 말이다.

이렇게 답이 왔다면 당신도 흔쾌히 남자와 금요일에 만날 약속을 잡았을 테고, 그 기회로 둘의 관계는 분명 지금보다 한

단계 발전할 것이다. 그런데 남자는 뭐라고 답을 보내왔는가?

「아뇨, 그 책 아직 못 샀어요ㅠㅠ」
그것도 다섯 시간이나 걸려서 말이다.

당신은 이 답에 어떻게 반응할 텐가? 아마 짜증이 나서 빨리 톡을 마무리하고 싶을 거다. 그 남자에 대한 호감이 떨어진 것을 느끼며 '이 남자는 나한테 별 관심이 없구나'라는 확신도 생길 것이다.

기왕 시작했으니 당신을 조금 더 짜증 나게 만들어주겠다. 그 남자는 이미 당신의 카톡을 두 시간 전에 미리보기로 읽었다. 그는 당신이 먼저 카톡을 보낸 것을 보고 자기에게 관심이 있다고 확신했고, 일부러 늦게 단답을 보냈다. 당신이 보낸 톡에 즉시, 다정한 말투로 답하면 자기를 할 일 없는 남자, 쉬운 남자 취급할까 봐 그런 것이다.

어떤가? 막 안달이 나는가? 저 남자를 꼭 내 남자로 만들고 싶은가? 밀당을 시도하는 이 남자가 더 매력적으로 느껴지는가?

아니라고? 대체 왜 그런가? 당신은 지금까지 이렇게 하면 상대를 더 애태울 수 있다고 굳게 믿어온 사람이 아닌가! 과거에 당신은 썸을 타던 남자가 "슬기야, 금요일 저녁에 뭐 해?"라고 물었을 때, 아무 약속도 없으면서 "응? 금요일? 금요일에는 선약이…"라며 바쁜 척했던 사람이 아닌가!

· 답장 늦게 보내기
· 약속 많은 척하기
· 나 좋다는 남자 많다고 자랑하기
· 도도하고 시크하게 행동하기

이런 행동은 남자를 안달 나게 만들지 못한다. 열 받게 만들 뿐이다. 계속 이렇게 행동하면 상대는 당신이 자기에게 관심이 전혀 없다고 예단해버릴 것이다.

자, 이번에는 당신이 호감을 느끼는 남자가 두 명 있다고 가정해보자. 첫 번째 남자는 당신에게 위에 언급한 밀당을 빈번히 시도한다. 반면, 두 번째 남자는 당신의 선톡에 친절하게 답하고, 카톡 중간에 답이 늦어지는 상황이 될 경우에는 미안하다는 말과 함께 그 이유를 미리 설명해준다. 그리고 당신이 한번 보자고 하면 다른 약속을 미뤄서라도 당신을 만나려고 애쓴다.

당신은 누구에게 더 끌리는가? 첫 번째 남자인가, 두 번째 남자인가? 확신하건대 후자일 것이다. 왜냐고? 그는 당신에게 호감이 있다는 것을 분명히 표현하고, 당신도 자기에게 호감을 가지고 있다는 사실을 기쁘게 여기며 둘의 관계를 발전시켜 나가려고 노력하는, 남자가 봐도 멋진 남자니까.

그러니까 이제부터 괜찮은 남자가 당신에게 호감을 표현하는 운 좋은 상황을 맞이하면, 괜히 자존심 세우느라 밀당을 시도하지 말고 남자에게 느끼는 감정 그대로 솔직하게 표현하자.

어차피 사랑은 기술이 아니라 진심으로 하는 거니까.

신新
어장관리

        살다 보면 여러 가지 기분 상하는 일을 겪게 마련이다. 그중 나를 가장 비참하게 만들었던 건, 나는 절대 당하지 않을 거라 자신했던, 어장관리를 당하고 있다는 사실을 깨달았을 때였다. 모름지기 어장관리는 눈치 없고 착해 빠진 사람이나 당하는, 일종의 눈치 없음에 대한 벌이라고 믿어왔던 내가, 왜 속수무책으로 어장관리를 당하고 말았을까?

  믿었던 자신에게 실망한 나는 그 여자와 나눈 대화, 만남의 패턴 등을 하나하나 되짚어보기 시작했으며, 친한 지인들을 만나 사정을 털어놓으며 그들의 어장관리 경험담과 내 상황을 비교해보기도 했다. 그렇게 몇 주를 보내고 나서야 나는 비로소 지금까지 내가 가진 어장관리에 대한 개념에 큰 하자가 있었음을 깨달았다. 그래서 나는 이 글에서 내가 인생의 가장 씁쓸한 경험을 통해 뼈저리게 깨달은, 신新 어장관리의 특징을 공유하고자 한다.

어장관리는 나와 전혀 상관없는 남의 이야기라고 생각하다가, 누구보다 세게 뒤통수를 맞은 나 같은 사람이 앞으로 없었으면 하는 바람에서 말이다.

우선 어장관리남의 특징은 어장관리녀의 그것과 전혀 다를 바 없다고 말해두고 싶다. 남자 사기꾼과 여자 사기꾼이 사기를 치는 방식과 대상은 다를 수 있지만, 사기를 치는 목적은 '남을 속여 돈을 쉽게 얻고 싶다'는 동일한 본성에서 비롯된다. 마찬가지로 어장관리남과 어장관리녀의 목적 또한 '여러 이성에게 여지를 남겨 내가 외롭거나 심심할 때 함께 시간을 보내다가, 정말 사귀고 싶은 사람이 나타나면 그들과 연락을 끊을 것'이라는 이기적인 본성을 공유한다.

당신이 앞으로 어장관리를 당하고 싶지 않다면 지금까지

알고 있던 어장관리남에 대한 정보는 깡그리 잊어라. 시대가 변하면 사기꾼이 사기를 치는 방법, 심지어 좀도둑이 도둑질 하는 방식도 발전하는 법. 우리가 보편적으로 알고 있는 어장관리는 이 사회에 어장관리가 처음 소개됐을 때 어장관리를 하던 사람들이 사용하던 수법이며, 너무 고전적이고 뻔해 지금은 거의 사용되지 않는다. 불행히도 내겐 이런 사실을 알려주는 사람이 없었고, 나 또한 초창기 어장관리의 개념을 바탕으로 상대의 마음을 판단해 지금 내가 만나는 여자는 어장관리녀가 아니라고 확신한 바 있다.

그럼 신 어장관리의 대표적인 특징을 알아보자. 첫째, 우리가 어장관리의 핵심이라고 생각한 '어장관리남은 상대에게 시간과 돈을 쓰지 않는다'는 개념을 지금 당장 머릿속에서 지워라. 요즘에 만날 때마다 한 푼도 쓰지 않는 남자가 자기에게 호감이 있다고 믿어버릴 순진한 여자는 거의 없으며, 만나자고 할 때마다 온갖 핑계를 대며 약속을 미루는 남자가 자기에게 관심이 있다고 믿어버릴 여자도 거의 없다.

이렇게 똑똑하고 사리 분별을 잘하는 요즘 여자들이 대체 왜 어장관리를 당하냐고? 바로 어장관리남의 업그레이드된 수법 때문이다. 과거의 어장관리남은 여자에게 돈과 시간 둘 다 투자하지 않았지만, 요즘 어장관리남은 돈과 시간 둘 중 하나는 확실히 투자한다. 너무 중요해서 다시 한 번 강조하니 꼭 기억하기 바란다. 요즘 어장관리남은 여자에게 돈과 시간 둘 중 하나는 확실히 투자한다.

내 경우엔 돈이었다. 날 관리하던 여자는 내게 돈을 투자하는 데 거침이 없었다. 같이 식사하면 밥값을 대놓고 내든 몰래 내든 늘 자신이 계산하려는 강한 의지를 보였으며, 내 생일이나 크리스마스 같은 특별한 날에는 잊지 않고 나에게 선물을 안겨주었다. 이렇게 놓고 보면 누가 봐도 내게 호감 있는 여자의 행동이 분명하다. 당신도 그렇게 생각하지 않는가?

내가 이 여자의 진심을 의심한 이유는 시간 투자에 관한 부분이었다. 거의 매일 카톡으로 여기 가서 뭘 먹자, 저기 가서 뭘 하자며 바람을 넣던 그녀는 정작 내가 "그럼 토요일에 볼까요?"라고 날짜를 지정하면 "음… 그날은 좀 힘들 것 같아요…"라고 핑계를 댔다.

이렇게 꽉 찬 그녀의 스케줄 때문에 나와 그녀가 만나는 날은 겨우 두 달에 한두 번이었다. 이런 간헐적 만남에 심기가 매우 불편해진 나는 그녀와 연락을 끊었다. 그러나 내가 이런 단호한 모습을 보일 때마다 그녀는 어김없이 카톡을 보내 안부를 묻고, 나와 이야기하는 게 행복하다 말하고, 심지어 '보고 싶다'는 메시지까지 남기며 기껏 정리한 마음을 다시 싱숭생숭하게 만들었다.

그러나 얼마 못 가 그녀는 또 선약을 핑계로 만남을 미루기 시작했고, 난 다시 연락을 끊었으며, 그런 내게 그녀는 또다시 적극적으로 대시하여 얼어버린 내 마음을 녹였다. 이 패턴은 그 후에도 두 번이나 더 반복됐다. 이게 바로 알면서도 빠져드는 신 어장관리의 늪이다. 분명 머리로는 뭔가 이상하다는 느낌이 강하게 들지만, 상대가 달콤하게 밀고 들어올 때의 그 감정 또한 진심처럼 느껴지기 때문이다.

이런 신 어장관리의 늪에서 벗어나는 방법은 딱 하나, 바로 내 직감과 촉을 믿는 것이다. 상대가 표면적으로 내게 해준 것들에 집착하지 말고, 내가 상대에게 느끼는 감정에만 집중해보라.

상대를 떠올릴 때 편하고 행복한 감정이 들면, 비록 지금 상대가 내게 해준 것이 없어도 그 관계를 꿋꿋이 이어가야

한다. 반면에 뭔가 애매한 감정이 든다면 지금까지 상대가 내게 해준 표현이나 물질적인 투자는 다 잊고, 한 발짝 물러서서 상대가 진심을 보여줄 때까지 무덤덤하게 팔짱을 끼고 상대의 행동을 관망해야 한다.

나는 언젠가 그녀와 사귀게 될 거란 희망만 품고 살다간 젊은 시절을 낭비하고 좋은 인연마저 놓칠 것 같다는 결론을 내리고, 그녀와 연락을 완전히 끊었다. 그녀는 이번에도 내 마음이 쉽게 풀어질 거라 생각했는지 또다시 달콤한 말을 건네며 연락을 시도했지만, 내가 별 반응을 보이지 않자 제풀에 지쳐 떨어져 나갔다.

마지막 카톡을 하고 반년이 지난 지금, 그녀는 마치 우리 사이에 아무 일도 없었다는 듯 다시 연락을 해온다. 그리고 반복한다. 내가 보고 싶다고, 나와 연락하는 게 행복하다고, 언제 한번 맛있는 거 같이 먹자고.

어라? 대체 왜 본인 어장에 있을 때 먹이를 제대로 안 줘 탈출한 물고기에 미련을 두실까? 뭐, 아무리 찾아봐도 나만큼 매력적인 물고기가 없었나 보지! 자존심을 내려놓고 나라는 물고기를 다시 찾아온 그녀에겐 미안하지만, 이제 와서 더 좋은 먹이를 들고 아무리 나를 유혹해도 소용없다.

난 그녀의 어장에서 언제 공급될지 모르는 고급 사료를 기다리기보다 저 넓은 바다를 함께 알콩달콩 헤엄쳐 다니며 플랑크톤을 같이 먹어줄, 내 짝꿍 물고기를 찾는 게 훨씬 가치 있는 일임을, 덕분에 확실히 깨달았으니까.

#신어장관리

여자친구 있는
남자가 과연
내게로 올까?

'아… 저 사람에게 여자친구만 없었다면!'

당신이 꿈꾸는 완벽한 이상형은 아니지만 외모도 나름 훈훈하고 성격도 모나지 않으며, 심지어 대화도 잘 통하는 그 남자. 이유는 잘 모르겠으나 자꾸 내 남자였으면 좋겠다는 생각이 드는 그 남자. 갖고 싶다는 마음은 점점 커지는데, 여친이 있다기에 지금은 가질 수 없는 그 남자. 그렇게 서서히, 하지만 확실히 '여친 있는 남자'라는 블랙홀에 빨려 들어가는 당신에게 이 글을 바친다.

요즘 남자와 썸을 타게 된 그대에게

이런 케이스는 두 가지로 나뉜다. 첫 번째는 여자가 남자를 일방적으로 좋아해서 그에게 여친이 있다는 사실 따위는 안중에도 없는 케이스. 두 번째는 처음에 남자에게 관심을 가졌던 여자가 그에게 연인이 있다는 사실을 알고 아쉬움을 뒤로한 채 관심을 거뒀으나, 그 남자가 여자를 계속 썸녀 대하듯 행동하는 바람에 여자의 마음이 싱숭생숭해진 케이스다.

첫 번째 케이스의 해결 방법은 하나, 당신이 포기하면 된다. 당신이 남자에게 집착할수록 모두에게 비극이 일어날 뿐, 당신은 절대 해피엔딩을 볼 수 없다. 대체 왜 그에게 집착하는가? 당신이 자기를 좋아한다는 걸 알면 그가 여친을 버리고 당신과 만날 것 같은가? 아니. 그럴 마음이 있었다면 그가 이미 무슨 액션을 취했겠지. 그리고 여친과 알콩달콩 지내는 모습을 당신이 팔로잉하는 자신의 SNS 계정에 꾸준히 업로드할 이유도 없었겠지.

나도 안다. 당신 주위에 그만한 남자 없는 거. 다시는 그런 남자를 만날 수 없을 것 같다는 막연한 불안감이 당신을 그에게 더욱 집착하게 만든다는 사실도 다 이해한다는 말이다. 하지만 당신은 우리나라에 거주하는 싱글 남자를 한 명도 빠짐없이 만나봤는가? 당신이 언제, 어디서, 어떤 남자를 만날지 알고 벌써부터 자신의 운명의 상대는 막장 드라마를 찍어야 얻을 수 있는, 아니 그 또한 보장할 수 없는 '여친 있는 남자'라고 미리 선을 그어버리는 건가?

"그래도 전 이 남자, 절대 포기 안 할 거예요!"

이렇게 울부짖고 싶은가? 그건 로맨틱한 게 아니라 죄다. 남의 행복을 깨뜨리는 죄. 그러니 괜히 남의 사랑에 손대지 말고 당신 사랑을 찾아라. 그건 당신이 아무리 손대도 누구 하나 뭐라 할 사람 없다.

자, 이제 이번 글의 주인공을 소개할 차례다! 여친이 있음에도 다른 여자에게 끼 부리는 남자들. 그들에게 스포트라이트를 비춰야 할 시간이 왔다. 툭 까놓고 말해보자. '당신은 그에게 호감이 있다.' 그렇지 않으면 애초에 이 고민이 시작되지도 않았을 테니까.

딱 봐도 당신 스타일이 아닌 남자가 사귀는 여자가 있음에도 당신에게 끼를 부린다면, 당신은 참을 수 없는 역겨움을 느끼며 그를 피해 다닐 것이다. 그와 만나는 여친을 불쌍히 여기면서. 그러나 지금 당신은 호감에 취해 그가 여친이 있는 남자라는 사실을, 포기해야 할 이유가 아니라 해결해야 할 이유로 여기는 것 같은데, 당장 꿈에서 깨어나야 한다.

이런 남자가 타깃으로 삼는 여자의 특징을 알려주겠다. 바로 자기 여친과 만난 적이 없거나, 앞으로도 만날 일이 없는 여자다. 그래야 여자가 마음껏 상상의 나래를 펼칠 수 있기 때문이다. 남자의 여친을 한 번도 만나본 적이 없으니 왠지 나보다 못한 사람일 것 같기도 하고, 둘의 다정한 모습을 본 적이 없으니 왠지 둘 사이가 안 좋은 것 같기도 하다. 그래서 그녀는 이런 짐작을 한다.

'혹시 여친이랑 헤어지기 일보 직전 아닐까? 내가 조금 마음을 열면 나한테 올 것 같은데…'

당신 대체 왜 이러는가? 백번 양보해서 그게 사실이라 치자. 그래서 뭘 어쩔 건가? 그에게 다가가 "너희 곧 헤어질 것 같으니까 난 네 여친 될 준비하고 있으면 되지?" 이런 말이라도 할 텐가? 그 남자가 여친과 헤어지기 일보 직전이든, 당신을 여친보다 마음에 들어 하든, 당신의 현실은 그의 여친도 썸녀도 아닌 '간 보기 대상'일 뿐이다. 당신이 아무리 둘의 관계에 좋은 의미를 갖다 붙여도 현실만큼은 절대 바뀌지 않는다.

그리고 당신은 지금 호감에 눈이 멀어 하나만 알고 둘은 모르는 상태다. 그래, 당신 뜻대로 일이 아주 잘 풀려 당신이 그를 여친으로부터 빼앗아왔다고 치자. 이제 그 남자와 영원히 핑크빛 사랑을 할 수 있을 것 같지?

'뿌린 대로 거둔다'는 말 못 들어봤나? 당신은 이제 그를 구속하고 감시하려 들 것이다. 그가 전 여친을 사귀면서 당신에게 적극적으로 구애한 것처럼, 당신과 사귀는 와중에도 다른 여자를 유혹하며 돌아다닐 것 같아 늘 불안할 테니 말이다. 한 번 그런 사람이 두 번은 못 그러겠는가?

난 무엇보다도 당신이 얼마나 가치 있는 사람인지 스스로 깨달았으면 한다. 당신은 매일 당신을 데리고 살기 때문에 당신의 단점을 아주 잘 안다. 그리고 스스로 파악한 당신의 단점 때문에 의기소침해질 수도 있다.

근데 남들은 잘 모른다. 남들은 당신이 매일 봐서 지루해진 당신의 얼굴을 아주 신선하고 매력적이라 평가하기도 하고, 볼륨이 도드라지지 않는 당신의 몸을 옷발이 잘 받는 몸이라며 부러워하기도 한다.

그러니 여친 있는 남자 하나 때문에 당신의 소중한 감정을 낭비하지 말자. 그가 지금 당신 주위에서 가장 괜찮은 남자라고 한들, 당신이 그의 두 번째 여자 해야 될 이유가 있는가? 그가 조선시대 왕이라면 그의 여친은 왕후, 당신은 후궁이 되는 셈인데, 그 역할 정말 하고 싶은가?

그가 당신을 정말 사랑한다면 여자친구에게 이별을 통보하고 당신에게 정식으로 다가오라고 하라.

아니, 또 오해할라. 당신이 굳이 그 말을 직접 할 필요는 없다. 남자가 당신을 선택했다면, 그는 자기가 해야 할 일이 뭔지 이미 잘 알고 있을 테니까.

#그들을 #믿지 #마세요

괜찮은 남자를
놓치고 후회하는
여자들의 특징

마음에 드는 남자가 어느 날부터인가 내게 적극적으로 구애하는 일. 그건 분명 살면서 겪는 기쁜 일 중 하나다. 그러나 관심 있는 남자가 내게 다가오는 운 좋은 상황에 어리석은 실수로 그를 떠나보냈다면, 그건 더 이상 기쁜 일이 아니라 어떻게라도 되돌리고 싶은 안타까운 일이 되어버린다.

당신도 잘 알다시피 이 일의 주범은 쓸데없는 자존심이다. 그가 당신에게 구애하기 전에는 어떻게든 그와 친해지고 싶었는데, 실제로 그가 다가오는 상황이 펼쳐지니 괜히 콧대가 높아진 거다.

"아녜요, 저는 관심 없는 척도 안 하고 밀당도 안 했단 말예요!"

당신은 그런 케이스가 아니라 억울한가? 그래, 나는 당신을 믿는다. 그렇다면 그는 왜 당신을 떠났을까? 지금부터 그 남자가 관심 없는 척도, 밀당도 한 적 없는 당신을 왜 갑자기 떠나버렸는지 알려주겠다.

자기에게 다가오는 남자를 놓치는 순진한 여자들에겐 공통점이 하나 있다. 바로 '난 여자니까' 사고방식을 가지고 남자를 대한다는 것이다. '난 여자니까' 사고방식은 뭘까? 이는 밀당이나 관심 없는 척 같은 의도적인 자존심 세우기와 거리가 있다. 이건 그녀들 마음속 깊은 곳에 똬리를 틀고 앉은 무의식이다.

'난 여자니까' 사고방식을 가진 여자는 남자의 구애를 당연하게 여긴다. 남자도 구애하기 전 수십 번도 더 고민했을 텐데, 그녀들은 그 사실을 잘 모른다. 남자는 좋아하면 쉽게 그럴 수 있는 줄 안다. 그래서 어떤 행동을 하는가? 남자의 구애를 받기만 한다. 그가 카톡을 보내면 성실하게 답을 해주고, 그가 밥을 먹자고 하면 좋다고 하고, 그가 영화를 보자고 하면 나가서 팝콘과 음료를 사고, 그가 목도리를 선물하면 고마워 어쩔 줄 몰라 한다. 나는 지금 이런 행동들이 잘못됐다고 말하는 게 아니다. 밀당을 하기보다, 관심 없는 척하기보다 이렇게 반응하는 것이 훨씬 낫다.

그런데 입장을 바꿔놓고 생각해보라. 당신의 관심을 끄는 남자가 있다. 시간을 두고 지켜보니 그도 당신을 마음에 두고 있는 것 같다. 그러던 어느 날 당신이 용기를 내어 그에게 적극적으로 다가갔는데, 거참 이상하다. 그가 당신을 싫어하는 것 같지는 않은데, 그렇다고 좋아하는 것 같지도 않다.

그는 당신의 카톡에 성실하게 답해주지만, 먼저 카톡을 보내지는 않는다. 그는 당신의 밥 먹자는 제안을 기쁘게 받아들이지만, 먼저 밥을 먹자고 제안하지 않는다. 그는 당신이 영화를 보자고 하면 흔쾌히 나와서 팝콘과 음료를 사지만, 먼저 같이 보고 싶은 영화가 있다고 말하지 않는다. 그는 당신이 주는 선물에 무척 고맙다는 표현을 하지만, 당신에게 조그만 선물 하나 해주지 않는다.

자, 이제 상황 파악이 좀 되는가? 당신이 매번 제안하는 입장에 서보니 기분이 어떤가? 그와 관계를 더 발전시키고 싶은가? 그에게 또 밥 먹자고, 영화 보자고 제안할 의욕이 생기는가? 이게 '난 여자니까' 사고방식의 문제다. '난 여자니까 남자가 하자는 대로 하면 그도 내가 자기에게 관심이 있다는 걸 알겠지.' 이런 사고방식이 그를 떠나게 만든 것이다.

당신이 한 나라의 공주 마마도 아니고, 그가 계속 일방적으로 당신에게 구애해야 할 이유는 없다. 당신은 귀족의 딸이고 그는 천민의 아들인가? 그가 무릎을 꿇고 당신 앞에 장미를 바치면, 당신은 레이스 장갑을 끼고 오른손 엄지와 검지로 그 장미를 도도하게 받을 셈인가?

당장 현실로 돌아오라! 그의 제안을 수락하고 그가 하자는 걸 함께 하는 것만으로 당신의 관심을 충분히 표현했다고 생각한다면, 당신은 앞으로도 사랑을 시작하기 힘들 것이다. 정말 당신에게 흠뻑 빠져서 모든 걸 바칠 준비가 된 남자가 아니라면, 대체 어떤 남자가 일방적인 사랑을 하려 하겠는가?

그런 행동은 어장관리녀로 낙인찍히기 딱 좋은 행동이다.

남자가 연락할 때만 연락하고, 남자가 밥 먹자고 할 때만 밥을 먹고, 남자가 영화 보자고 할 때만 영화를 보고, 남자가 선물을 주면 뛸 듯이 기뻐하고. 읽기만 해도 어장관리의 느낌이 확 오지 않는가?

그가 좋다면 당신도 다가가라. 그에게 뭘 먹자고 제안하고, 같이 뭘 하고 싶다 말하고, 느닷없이 무언가를 선물하라. 그게 마음에 드는 이성을 대하는 사람의 올바른 태도 아니겠는가? 그의 제안을 수락하고, 그가 주는 걸 받기만 하면서 '그도 내 호감을 느꼈으리라' 생각하는 건 정말 이기적인 태도다.

"이봐요! 제가 그 남자가 싫었으면 같이 밥을 먹었겠어요?"
"저기요! 제가 그 남자가 싫었으면 단둘이 영화를 봤겠어요?"

그래서 어쩌라고. 남자보고 당신의 숭고한 뜻을 알아서 파악하라는 건가? 당신은 그와 함께 뭘 해주는 것으로 관심과 호감을 충분히 표현했으니, 이제 그보고 로맨틱한 고백을 준비하라는 건가? 그가 좋다면 당신도 주도적인 모습을 보여라. 그의 제안을 받기만 하지 말고 당신이 만남을 제안하고, 만남을 이끌어가라. 그렇지 않으면 남자는 당신의 마음을 절대 알 수가 없다.

"그러다 제가 상처 받을 수도 있잖아요. 저는 그의 마음이
진심인지 아닌지 확인하기 위해 그 사람을 꾸준히 지켜보는
거예요. 나중엔 저도 적극적으로 다가갈 거라구요!"

'난 여자니까' 사고방식이 이래서 잘못됐다는 거다. 왜 남
자만 당신에게 진심을 증명해야 하는가? 왜 그는 당신에게
진심을 확인시켜야 하고, 당신은 그걸 확인한 뒤에야 진심을
보이려고 하는가? 무슨 면접 보나? 그가 1차에 통과하면 2차
면접도 볼 셈인가?

사랑은 쌍방향 소통이다. 그도 당신에게 진심을 증명해야
하고, 당신도 그에게 진심을 증명해야 한다.

여자가 갑의 위치에서 남자의 마음을 심사해야 한다는 건
아주 못된 사고방식이다. 많은 여자들이 자기는 아무 잘못도
하지 않았는데, 꾸준히 호감을 표현하던 썸남이 어느 날 갑
자기 자신을 떠났다고 푸념한다.

아무 방해도 받지 않는 조용한 곳에 앉아서 과거의 일을

사랑은 쌍방향 소통이다.

서로가 서로에게

진심을 증명해야 한다.

떠올려보라. 혹시 당신이 이 글에 묘사된 여자처럼 남자의 호감을 받기만 하지 않았는지, 남자의 제안을 수락하는 데 그치지 않았는지, 그리고는 내 할 도리 다 했다고 안심하며 남자의 다음 행동을 기다리지 않았는지 말이다. 그랬다면 이제부터 마음을 고쳐먹고, 앞으로 만날 인연에게는 적극적이고 주도적으로 관심과 호감을 표현하라.

남자는 여자의 부정을 부정으로 받아들이지만, 여자의 침묵을 부정으로 받아들이기도 한다.

썸의 기간은
어느 정도가
적당할까?

의견이 분분하다. 누구는 썸은 빨리 끝낼수록 좋다고 말하고, 누구는 썸은 상대를 알아가는 기간이니 최대한 길게 가져가는 게 여러모로 낫다고 말한다. 내 친구 중 한 명은 상대의 마음을 간 보는 썸이란 시기는 아예 없는 게 좋다고까지 말하기도 한다.

여기서 잠깐. 당신이 내게 실망할까 봐 미리 고백하는데, 나는 이 글에서 당신에게 적당한 썸의 기간을 제시할 생각이 없다.

내가 거짓 제목으로 당신을 낚은 것 같아 화가 치밀어 오르는가? 그렇다면 당신에게 묻겠다. 내가 이 글에서 적당한 썸의 기간은 한 달이라고 정해준다면, 당신은 정말 한 달이 넘어감과 동시에 그 남자와 연락을 끊을 셈인가? 조금 더 있으면 뭔가 이뤄질 것 같다는 느낌이 아무리 강하게 들어도?

나는 오히려 당신이 썸의 기간에 너무 집착하지 않았으면 좋겠다. 모든 썸남썸녀의 상황과 환경이 다르기 때문이다. 어떤 썸남썸녀는 매일 보는 사이일 수 있고, 어떤 썸남썸녀는 일주일에 한 번밖에 못 보는 사이일 수도 있다. 그런데 내가 어떻게 함부로 동일한 잣대를 들이밀며 상대가 2주, 한 달 혹은 두 달 안에 사귀자는 말이 없으면 연락을 끊어버리라고 조언할 수 있겠는가! 난 당신의 사랑을 망친 주범으로 기억되고 싶지 않다.

그래서 나는 당신이 썸을 타고 있을 때, 기간이란 별 의미 없는 숫자보다 훨씬 더 중요하게 생각해야 할 부분을 알려주겠다. 이 썸이 연애로 이어질지, 아니면 썸에서 끝이 날지 미리 판단하는 가장 쉬운 방법이 있다. 물론 이 방법이 모든 케이스에 적용될 수는 없겠지만, 적어도 나는 이 방법으로 썸을 끝내기도 했고 연애로 이어가기도 했다.

그 방법은 바로, 썸의 기간period이 아니라 썸의 진척도 progress에 중점을 두는 것이다. 만나는 횟수가 늘어날 때마다 관계가 진전된다는 생각이 드는 썸이 있다. 매일 보든, 일주일에 한 번 보든, 한 달에 한 번 보든, 이 사람을 만날수록 우리의 관계가 연애라는 목적지로 순조롭게 항해하는 느낌이 드는 썸이 있다는 말이다.

반면에 만남은 잦아지고 썸의 기간도 오래됐는데, 관계가 어느 지점에서 멈춰 한 발짝도 나아가지 못한다는 느낌이 드는 썸이 있다. 당신은 바로 이 진척도를 기준으로 썸을 유지할지, 끝낼지 결정해야 한다. 여기서 분명 이런 질문을 하고 싶은 독자가 있을 것이다.

"분명 썸은 진척되는 것 같은데 남자가 고백을 안 하는 경우는 뭐예요?"

내가 반대로 묻겠다.

분명 썸이 진척되고 있다는 느낌이 드는데, 당신은 왜 그 남자에게 고백하지 않는가?

사랑에 임하는 남자의 모습은 실로 다양하다. 어떤 남자는 소심하고 어떤 남자는 대범하다. 어떤 남자는 여자가 자기에게 마음이 있는 것 같으면 만난 지 하루 만에 고백하기도 하고, 어떤 남자는 둘의 관계가 순조롭게 진척된다는 느낌을 받아도 여자가 자기에게 마음이 있다는 확실한 증거를 얻을 때까지 자기 마음을 숨긴다.

이건 뭐 여자도 마찬가지 아닌가. 그러니 썸이 순조롭게 진척되는 느낌이 강하게 든다면, 썸의 기간이 당신 생각보다 조금 길어진다 해서 그 남자를 쉽게 놓지 마라. 그리고 이제 썸을 끝내고 연애라는 단계로 나아가고 싶다면 호감 표현의 수위를 높이고, 더 확실히 마무리 짓고 싶다면 당신이 먼저 고백하는 것도 나쁜 방법은 아니다.

진척이 없는 썸은 한쪽에서 마음을 접고 있다는 매우 강력한 증거이기에, 연애라는 목적지에 도달하기 전에 깨질 수밖에 없다. 하지만 진척도가 확실히 보이는 썸도 자존심 때문에 상대에게 더 큰 확신을 주지 않고 질질 끌면, 언젠가 반드시 깨질 수밖에 없다는 사실을 유념해야 한다.

그러니 썸이 진전되면 그에 맞춰 당신의 호감 표현도 진전시키자. 당신이 그 과정을 밟을 생각이 없다면, 당신의 썸은 전처럼 깨지고 부서지고 흩어질 것이다.

정말 남자는
좋아하는 여자를
헷갈리게 하지 않을까?

이 어이없는 이야기 한번 들어봐라. 취준생 정상호 씨에겐 어렸을 때부터 정말 들어가고 싶은 꿈의 회사가 있다. 봄이 되자 그 회사도 채용을 시작했고, 상호 씨는 그 회사에 정성껏 작성한 이력서를 제출하고 서류 전형 합격자 발표일을 손꼽아 기다린다.

합격자 발표 당일, 회사로부터 아무런 연락이 오지 않자 상호 씨는 연유를 묻기 위해 회사를 직접 찾아가기로 한다. 회사 로비를 지나다니는 사람에게 물어물어 인사부 사무실의 위치를 알아낸 상호 씨는 숨을 깊게 들이마시고 인사부 사무실로 걸어 들어간다.

"어떻게 오셨어요?"

자리에 앉아 서류를 정리하던 채용 담당자가 상호 씨를 빤히 응시하며 묻는다.

"아, 안녕하세요, 입사 지원자 정상호라고 합니다. 오늘이 서류 전형 합격자 발표일인데 개별 연락이 없어서 직접 찾아왔습니다."

"아, 그러세요?"

채용 담당자가 당황한 기색으로 노란 파일을 집더니 그 안에서 상호 씨의 이력서를 뽑아 든다.

"아… 정상호 님… 저희 회사에 지원해주셔서 감사한데, 저희 회사는 리더십이 강한 인재보다 팔로십이 강한 인재를 선호합니다."

채용 담당자는 그 말을 마치고 상호 씨를 쳐다보며 억지 미소를 지어 보인다.

자, 이 상황에서 상호 씨는 어떻게 행동해야 하는가? 아니, 이런 상황에서 보통 사람들은 어떻게 행동하는가? 아마 "네, 알겠습니다"라고 답하고 사무실을 나올 것이다. 그리고 그때부터 다른 회사에 지원할 준비를 시작할 것이다. 그런데 상호 씨는 매우 특이한 행보를 보인다.

집에 도착한 상호 씨는 그때부터 면접 준비를 시작한다. 다른 회사가 아니라 방금 찾아간 그 회사의 면접 말이다! 상호 씨는 회사에 대한 전반적인 조사를 하고, 그 회사 서류전형에 합격한 사람들의 모임에 들어가 그들과 함께 모의면접을 보기도 한다.

당신은 상호 씨의 이야기를 듣고 어떤 생각이 드는가? 아마 '뭐야, 얘 망상증 환자 아니야?' 혹은 '저렇게 막무가내로 행동해서라도 입사하고 싶다는 의지를 보여주려는 건가?'라고 생각할 것이다. 나도 너무 궁금해서 상호 씨에게 직접 물었다. 채용 담당자에게서 그런 말을 듣고도 입사를 포기하지 않는 이유가 뭐냐고 말이다. 상호 씨의 답이 가관이다.

"리더십이 강한 사람을 좋아하지 않는 회사는 없어요. 채용 담당자님이 하신 말씀은 제가 서류전형에 탈락했다는 뜻이 아니라, 그 리더십을 면접장에 와서 한번 증명해보라는 것 같아요."

완전 제멋대로 해석했다. 채용 담당자가 한 말은 누가 들어도 "당신은 서류전형에서 탈락하셨습니다"라는 뜻이다. 그러나 상호 씨는 그렇지 않다고 우기고, 실제로 그렇게 믿고 있다. 지금 나와 당신은 상호 씨의 상태가 심각하다고 느낀다. 그런데 나와 당신도 무의식중에 저런 행동을 할 때가 있다. 바로 마음에 드는 이성이 생겼을 때다.

당신은 날씬하다. 웬만한 인터넷 쇼핑몰의 피팅모델이 입은 사이즈를 주문하면 당신을 위한 맞춤복처럼 딱 맞을 정도다. 친구들은 당신의 날씬한 몸을 부러워하고, 당신이 전에 만난 남자들도 한결같이 "넌 날씬해서 그런지 아무 옷이나 입어도 잘 어울리네"라고 칭찬했다. 요즘 그런 당신을 설레게 하는 남자가 있다. 토익 스터디 모임에서 알았는데, 당신은 그의 나긋나긋한 말투와 몸에 밴 듯한 매너에 반해버렸다.

그러던 어느 날, 스터디 모임 주최자가 쉬는 시간에 연애 이야기를 꺼낸다. 사람들이 자신의 연애담이나 이상형 이야기를 나누는 와중에 그 남자의 발언 차례가 됐다. 당신은 약간 긴장한 채로 그를 응시한다.

"전 호주에서 어학연수 하다가 만난 여자친구랑 2년 전에 헤어진 뒤로 계속 혼자예요. 혹시 주위에 좋은 분 있으면 소개 좀 부탁드려요."

그가 사람들을 둘러보며 겸연쩍게 말했다.

"이상형이 어떻게 되는데요?"

스터디 모임 주최자가 물었다.

"솔직히 이상형이 구체적이고 까다롭지는 않아요. 그냥 글래머러스하고 귀여운 스타일이었으면 좋겠어요."

이 말을 마친 남자가 잔뜩 상기된 표정으로 자기 앞에 놓인 생수병에 담긴 물을 벌컥벌컥 들이켠다.

자, 난 당신의 입장으로 이 상황에 몰입했다. 그래서 지금 기분이 좀 나쁘다. 남자가 당신을 앞에 두고 좋은 여자 있으면 소개해달라며 스터디 멤버들에게 부탁을 했으니까. 그 말은 '난 너를 여자로 보지 않아'라는 뜻을 내포한 것이 아닌가. 또 그는 누가 봐도 마른 편인 당신을 앞에 두고 "글래머러스하고 귀여운 스타일이었으면 좋겠어요"라는 말을 했다. 이거야말로 '난 정말 너를 여자로 보지 않아'라는 뜻을 가진 말이 아닌가!

남자가 한 말의 숨겨진 뜻을 정리해보자. '난 지금 여자친구가 없어서 외로운 상태다. 하지만 이 모임에서 만나고 싶은 여자는 없다. 그러니 주위에 괜찮은 여자가 있으면 소개해달라.' 난 당신의 입장으로 이 모든 대화를 들었기 때문에 지금 약간 자존심에 상처를 입었고, 그 남자에게 왠지 모를 배신감마저 느끼고 있다.

그런데 정작 당사자인 당신은 그런 것 같지 않다. 그의 말을 다르게 해석하고 있기 때문이다. 당신은 소개를 부탁한다는 그의 말이, 자신이 현재 싱글이라는 사실을 당신에게 간접적으로 어필하려고 뱉은 말이라고 굳게 믿고 있으며, 글래머러스하고 귀여운 스타일이 좋다는 그 남자의 말은, 글래머러스하다는 기준이 남자마다 다르기 때문에 그 말만 듣고 자신을 남자의 예비 여자친구 후보에서 배제하는 건 섣부른 결정이라고 생각한다. 또한 당신은 전부터 자기가 귀엽다고 믿어왔기에, '글래머러스하고 귀여운'이라는 표현은 남자가 자신을 염두에 두고 한 말이라 확신하고 있다.

대체 당신이 상호 씨와 다른 게 뭔가? 현실은 현실이다. 대체 왜 그 채용 담당자가, 그 스터디 모임의 남자가 속마음을 숨기고 정반대의 얘기를 꺼냈을 거라고 믿는가? 그렇게 해서 그들이 얻을 것은 하나도 없다. 쓸데없는 시간 낭비에, 오해만 쌓을 뿐이다.

Chapter. 2

채용 담당자가 상호 씨를 정말 뽑고 싶었는데 상호 씨가 입사를 쉽게 포기하는지 확인하려고 일부러 그렇게 말했다? 그러다 상호 씨가 입사를 포기하면 어떡할 텐가? 그때 가서 다시 잡아야 하나?

또, 스터디 모임의 남자가 정말 당신을 마음에 두고 있었음에도 여자를 소개받고 싶다는 말로 당신에게 사귀는 사람이 없음을 어필했으며, 누가 봐도 마른 편인 당신 앞에서 글래머러스한 여자가 좋다고 서슴없이 말했다?

이건 마피아 게임이 아니다. 제발 '아니오'는 '아니오'로 받아들이자. 대체 어떤 남자가 좋아하는 여자를 앞에 두고 다른 여자를 소개해달라고 주위 사람들에게 간청을 하며, 자신이 좋아하는 여자에게 없는 외적인 특징을 가진 여자가 이상형이라고 대대적으로 공표하겠는가?

남자는 좋아하는 여자를 헷갈리게 하지 않는다. 아주 낮은 확률이지만, 그 남자가 당신을 좋아하면서 일부러 저런 말을 했다면 그는 그냥 멍청한 남자다. 그와 사귀면 더 멍청한 짓을 저지를 게 분명하니, 애초에 마음을 접는 편이 낫다.

내가 당신의 입장으로 이 상황에 몰입했을 때, 나는 남자의 말을 듣고 단번에 '그는 당신을 좋아하는 게 아니다'라는 판단을 내렸다. 그런데 당신은 똑같은 말을 듣고 '저건 관심을 표현하는 그만의 방식일 거야'라는 정반대 결론을 내렸다. 나와 당신이 다르게 판단한 이유가 뭘까?

바로 감정이입의 차이다. 나는 당신이 남자를 좋아한다는 사실에 기초한 관점에서 상황을 봤을 뿐, 그 남자에 대한 당신의 감정을 똑같이 느끼며 상황을 본 것은 아니다. 즉 남자를 향한 호감이 당신의 뇌에 논리적 사고를 담당하는 영역을 마비시킨 까닭에, 당신이 잘못된 결론을 내리게 된 것이다.

그러니 앞으로는 상대방의 말을 당신 입맛에 맞게 해석하려 들지 말고, 상대방이 말한 내용 그대로 받아들이자. 그게 덜 피곤한 삶을 사는 길이며, 자기 속내를 숨기는 음흉한 사람을 멀리하는 길이다.

한 여자에게
빨리 질리는
남자들의 특징

서로의 마음을 알 듯 말 듯한 미묘한 썸이 끝나고, 난 드디어 그의 여자친구가 됐다. 더 이상 좋아하는 감정을 숨길 이유가 없어진 나는 그에게 사랑을 듬뿍 표현했고, 그도 세상에 둘도 없는 다정한 남자친구가 되어 나의 하루하루를 즐겁게 만들어줬다.

그런데 우리의 행복한 연애는 두 달도 채 안 돼 생각지도 못한 위기에 봉착하고 말았다. 남자친구가 그새 변한 것이다. 처음 내게 대시했을 때, 썸을 타며 호감을 주고받을 때, 연애가 막 시작됐을 때의 다정하고 열정적인 남자는 온데간데없고, 내게 무관심하고 연락조차 귀찮아하는 전혀 다른 남자가 곁에 남았다.

나 또한 연애 경험이 전무한 건 아니기에 모든 커플에게 권태기가 오고, 사귀는 사람의 태도가 변할 수 있다는 사실쯤은 알고 있다. 그런데 연애를 시작한 지 한 달 남짓한 지금 이런 일이 일어나는 건 너무 이르지 않은가! 나는 만나러 오지도 않으면서 오만 술자리는 다 참석하고, 뻔히 쉬는 날인지 아는데 카톡 답신을 몇 시간 뒤에나 하는 이 남자. 도대체 이런 남자의 심리는 무엇이며, 나는 이 관계를 어떻게 풀어가야 할까?

당신 이야기 잘 들었다. 난 당신의 입장을 이해한다. 나 좋다고 따라다니던 사람이 거의 연애를 시작함과 동시에 변하는 모습에 충격 받지 않을 사람은 없다. 아직 사랑을 제대로 시작하기도 전에 권태기를 맞은 셈이니까. 이런 경우 내 조언은 한결같다.

끊어내라. 뒤도 돌아보지 말고 당장.

세상엔 도박중독, 알코올중독, 마약중독 등 인간이 빠질 수 있는 다양한 중독이 있지만, 사람들은 이에 못지않게 심각한 '썸 중독'은 잘 모르는 것 같다. 모든 중독이 그렇듯, 썸

중독도 성별이나 나이와 관계없이 누구나 겪을 수 있다. 이 중독의 대표적인 증상은 썸을 탈 때의 설렘과 스릴을 계속 찾는 것이다.

도박중독이 돈을 잃게 만들고 알코올중독과 마약중독이 건강을 잃게 만든다면, 썸 중독은 사람을 잃게 만든다. 그리고 다른 중독에 비해 타인에게 끼치는 정신적 피해가 압도적으로 크다. 썸 중독에 걸린 남자와 사귀면, 연애가 시작된지 얼마 되지 않아 당신을 귀찮아하는 상대와 마주하게 될 것이다.

왜냐고? 이미 당신과는 볼 장 다 봤으니까. 상대의 마음을 모를 때의 설렘, 아직 내 여자가 아닌 여자를 유혹할 때의 긴장감 같은 스릴 넘치는 감정을 당신과는 더 이상 느낄 수가 없기 때문이다. 이게 사람들이 흔히 말하는 '잡은 물고기에게 먹이를 주지 않는 심리'다.

그러나 우려와 달리 이런 증세가 모든 남자에게 나타나는 건 절대 아니다. 우리 주변에서도 심심치 않게 볼 수 있듯이, 세상엔 한 여자만 바라보는 남자도 정말 많다. 그래서 난 어떤 남자가 좋은 남자냐는 질문에 잘생긴 남자도 아니고, 좋은 회사에 다니는 남자도 아니고, 돈 많은 남자도 아닌 진실한 마음을 가진 남자라고 답한다.

당신이 어떤 남자의 매력에 흠뻑 빠졌다면, 그다음에 알아봐야 할 것은 그 남자의 스펙이 아니라 그 남자의 진실성이다. 모든 걸 가졌다고 해도 진실성이 결여된 남자는 당신의 인생에 큰 상처만 남길 뿐이니까.

그렇다면 진실성이라곤 전혀 찾아볼 수 없는 썸 중독에 걸린 남자를 알아보는 방법은 뭐가 있을까? 당신이 그런 남자를 쉽게 구별할 수 있도록 여자에게 빨리 질리는 남자의 특징을 나열해보겠다.

썸 중독에 걸린 남자의 첫 번째 특징은, 그가 당신이란 여자가 아니라 당신과의 관계에 집착한다는 점이다. 그러기에 당신은 그가 당신에게 관심이 있는지, 당신과 타는 썸에 관심이 있는지 정확히 확인해볼 필요가 있다. 썸 중독자는 괜찮은 여자와 썸을 타는 데 목적이 있기 때문에, 자기와 썸을 타는 여자의 인생 전반을 굳이 알려고 하지 않는다. 그들의 궁극적인 목적은 여자를 유혹하는 데 있지, 여자를 사랑하는 데 있지 않기 때문이다.

예를 들어 당신을 진심으로 좋아하는 남자는 당신의 일상을 궁금해하고, 힘든 일이 있었다고 하면 당신의 이야기를 묵묵히 들어주고 당신의 아픔을 위로해주려 한다. 반면 썸 중독자는 당신의 어려움이나 고민에는 별로 관심이 없고, 당신과 어떻게 다음 데이트 약속을 잡을지, 데이트 코스를 어떻게 구성해야 당신 마음이 넘어올지 궁리한다.

그러다 보니 그들은 당신과의 대화가 자기에게 설렘을 주는 루트에서 조금만 벗어나도 얼른 대화를 그쪽으로 돌리려고 안간힘을 쓴다. 왜냐고? 그는 당신이 자기에게 설레는 감정을 공급해주길 원하니까.

이처럼 그 남자는 힘들고 혼란스러운 당신의 인생 따위는 안중에도 없다는 듯, 자기만족만 추구하려 들 것이다. 썸 중독자를 피하고 싶다면 그 부분을 잘 캐치해야 한다.

여자에게 빨리 질리는 남자의 두 번째 특징은, 다른 여자들과의 술자리가 잦다는 점이다. 회사의 부서 회식처럼 어쩔 수 없는 자리 말고 자기가 꼭 끼지 않아도 되는 술자리에 자주 참석하거나, 자기가 주도적으로 여자들이 함께하는 술자리를 만들려고 한다면, 그 남자는 썸 중독자일 가능성이 높다.

당신은 나에게 이건 사귀고 나서 알 수 있는 부분이 아니냐고 묻고 싶겠지만, 사귀기 전에도 충분히 확인할 수 있다. 대개 썸 중독자는 한 여자와 썸을 타지 않는다. 이들은 여러 여자에게 여지를 주고, 동시다발적으로 썸을 탄다. 다양한 여성에게서, 다양한 시간에, 다양한 방법으로 설렘과 스릴을 공급받길 원하기 때문이다.

그들은 당신과 썸을 타면서도 여러 술자리에 참석해 새로운 '설렘 공급책'을 찾으려 할 것이다. 그러기에 그 남자가 술자리에 자주 참석하는 것 같다면 의심해볼 필요가 있다. 물론 그가 당신에게 술자리가 아닌 다른 곳에 있다고 둘러댈 수도 있지만, 그런 상황에서 당신의 기지가 필요하다.

그 남자가 친구나 아는 형·동생과 약속이 있어서 오늘 저녁에는 연락하기 힘들 거란 이야기를 자주 한다면, 자지 않고 기다릴 테니 집에 들어갈 때 전화를 걸어달라고 요구해보라. 그가 매번 희한한 핑계를 대면서 전화하기 어렵다고 한다면, 그 남자는 분명 남자들과의 약속 자리가 아니라 여자들이 함께하는 술자리에 참석하는 것이다.

썸 중독에 걸린 남자는

당신이 아니라 당신과의 관계에 집착한다.

그들의 목적은 여자를 유혹하는 데 있지,

여자를 사랑하는 데 있지 않기 때문이다.

또 어느 날은 저녁 약속이 있다는 그를 쿨하게 보내준 다음 갑자기 전화해보라. 그가 당황하는 기색을 보인다거나 전화기 너머로 술 마신 사람들이 왁자지껄 떠들어대는 소리가 들린다면, 그는 당신을 속이고 술자리에 간 게 맞다. 그리고 당신을 속이면서까지 참석한 그 술자리에 여자가 있을 확률은 상당히 높다.

썸 중독은 도박중독이나 알코올중독만큼 끊기 힘든 중독이다. 당신은 노력하면 그 남자를 바꿀 수 있다고 자신할지 모르지만, 사람은 스스로 뭔가 깨닫고 뼈저린 교훈을 얻기 전까진 쉽게 변하지 않는다. 그러니 살다가 위와 같은 남자와 썸을 타는 날이 온다면, 그를 바꾸려 하기보다 끊어내는 게 현명하다. 남자가 거짓말로 당신을 잠깐 속일 수는 있지만, 진심만큼은 영원히 감출 수 없으니까.

당신을 정말 행복하게 만들어줄 남자는 달콤한 말을 하는 남자도 아니고, 당신이 예상치 못한 때 값비싼 선물을 들이미는 남자도 아니다. 시간이 지나도 한결같이 당신만 바라보는 사람, 처음에는 그게 하찮아 보일지 몰라도 끝에는 전부가 된다.

그렇다. 결국 연애도 나무가 아니라 숲을 보는 일이다.

#썸중독

별로 안 좋아하는 남자와 사귀어도 될까?

식어버린 라면과 김빠진 콜라의 공통점이 뭘까? 먹거나 마시기 애매하다는 점이다. 나는 탄산이 조금이라도 빠진 콜라나 식은 라면은 과감하게 버린다. 하지만 어떤 이들은 전혀 개의치 않고 식어버린 라면을 맛있게 먹고, 탄산이 잘 느껴지지 않는 콜라를 벌컥벌컥 마신다.

연애에서는 어떨까? 어떤 여자는 자기가 좋아하는 남자하고만 연애를 한다. 반면에 어떤 여자는 그렇게 끌리거나 좋아하는 마음이 없어도, 남자가 자신을 많이 좋아한다는 이유로 연애를 시작한다. 대체 뭐가 맞는 걸까? 내가 좋아하는 마음이 있어야 연애를 시작하는 게 맞을까, 사귀기엔 애매하지만 나를 진심으로 좋아해주는 남자를 만나는 게 맞을까? 이 질문에 대한 답은 기원전 5세기에 철학자 소크라테스의 격언에서 찾을 수 있다.

"너 자신을 알라!"

백번 옳다. 나 자신을 아는 것이 이 문제의 정답이다. 성취욕이 강한 사람이 있다. 원하는 건 꼭 이뤄야 하고, 갖고 싶은 건 무슨 수를 써서라도 손에 넣는 주도적인 사람 말이다. 이런 사람은 자기가 정말 좋아하는 사람과 연애를 시작하는 게 맞다. 이들에겐 자기가 좋아하는 이성과 연애를 시작하는 것도 하나의 성취이기 때문이다. 이런 사람은 사귀기 애매하다고 여기던 이성과 연애를 시작하면 금방 질린다. 또 자기 기준에 맞는 다른 이성이 자꾸 눈에 들어와, 만나는 사람이 있어도 다른 이성에게 여지를 남긴다.

당신이 이런 성향을 가진 여자라면 좀 시간이 걸리더라도 갖고 싶다는 마음이 강하게 드는 남자와 연애를 시작하는 걸 추천한다. 당장 외롭다고, 혹은 상대가 당신에게 잘해줘서 고마운 마음에 사귀는 일은 지양해야 한다. 그렇지 않으면 당신은 얼마 못 가 구애를 거절하는 것보다 훨씬 큰 상처를 상대에게 남기게 될 것이다.

반면, 안정 지향적인 사람이 있다. 화려하고 스릴 있는 연애보다 안정적이고 잔잔한 연애를 꿈꾸는 사람. 무언가를 성취하기보다 하루하루 평온하고 행복하게 살아가는 데 큰 의미를 두는 사람. 이런 사람은 지금 상대를 좋아하는 마음이 별로 없거나 크지 않다고 해도, 상대의 외모가 내가 정한 최소 기준에 부합하고 상대가 괜찮은 사람이라는 확신이 있다면 연애를 시작해보는 게 낫다. 이런 사람은 성취 지향적인 사람과 달리 상대와 내가 지금부터 만들어가는 시간에 큰 의미를 두고, 그 시간 속에서 점점 상대에 대한 사랑을 키워가기 때문이다.

어떤 성향이 더 나은지 왈가왈부할 필요는 없다. 성취 지향적인 사람은 자기가 별로 좋아하지 않는 사람과 만나면 빨리 질리고 쉽게 다른 이성에게 눈을 돌리지만, 정말 좋아하는 사람을 만나면 간과 쓸개를 다 빼 줄 정도로 헌신하는 로맨틱한 면도 있다. 반대로 안정 지향적인 사람은 자기가 별로 좋아하지 않는 이성을 만나도 빨리 질리지 않는 반면, 자기가 정말 좋아하는 사람을 만나도 성취 지향적인 사람만큼 열정적으로 마음을 표현하는 편이 아니기에, 연애 초반에는 상대가 서운함을 많이 느낄 수도 있다.

아, 잠깐! 당신이 또 아는 사람 이야기를 꺼내며, 그 언니는 누가 봐도 성취 지향적인 사람인데 자기 좋다고 따라다니던 남자 만나서 지금까지 연애만 잘한다고 화를 버럭 낼까 봐 미리 말하는데, 당신은 이 유형 분석을 맹신할 필요는 없다. 남녀 관계에는 정말 다양한 경우가 존재하니까.

당신이 스스로 판단할 때 성취 지향적인 사람이긴 하나, 지금 마음에 별로 들지는 않지만 놓아버리기엔 아까운 어떤 남자와 연애를 시작해보고 싶다면 얼마든지 하라. 혹시 아는가? 당신은 보통 성취 지향적인 사람들과 달리 상대에게 빨리 질리기는커녕 상대를 점점 더 좋아할지!

그러나 이것만은 알고 가자. 당신이 유튜브에서 어떤 미국인 할아버지가 개처럼 사람을 잘 따르는 야생 늑대를 집에서 기르는 영상을 봤다고 아무 늑대나 잡아서 집으로 데려올 생각을 하지 않듯이, 개개인에게 잠재된 특유의 성향과 본능을 쉽게 간과해선 안 된다.

내가 우겨서 집으로 데려온 늑대가 그 미국 할아버지의 늑대처럼 순하고 사람을 잘 따르면 다행이지만, 그렇지 않다면 당신뿐 아니라 주위 사람들마저 막심한 피해를 입게 될 테니까.

#그래도 #사막여우는 #기르고 #싶다

놓쳐버린 썸남과
다시 잘해볼 수
있을까?

다시 생각해도 안타깝다. 우리 사이 정말 잘돼가고 있었는데, 도대체 어디부터 어긋난 걸까? 당시에는 홧김에 그와 연락을 끊었지만, 시간이 좀 지나고 다시 생각해보니 우린 그렇게 쉽게 끝낼 사이가 아니었다. 게다가 싸운 것도 아니고 서로 자존심을 세우다가 서서히 사이가 멀어졌으니, 내가 못 이기는 척 연락하면 다시 썸을 시작할 수 있을 것 같다.

그때 내가 왜 그랬을까? 그가 먼저 용기 있게 말을 걸어주었고, 항상 나를 세심하게 배려해주었는데…. 한창 썸을 타던 그때는 그 사람이 이렇게 매력적으로 생겼는지도 몰랐다. 지금 와서 그가 너무 보고 싶다. 그와 애틋하던 시절로 돌아가고 싶다.

다시 그렇게 된다면 이번엔 결코 전과 같은 실수를 반복하지 않을 것이다. 먼저 연락하는 일에 자존심 세우지 않을 것이며, 그와 시간을 보내면서 아는 오빠들에게 괜히 선톡을 보내놓고, 그 오빠들과 아무 의미도 없는 톡을 일부러 그가 지켜볼 때 주고받으며, '나 너 말고도 아는 남자 많아. 여차하면 널 갈아 치울 수도 있어!' 이런 무언의 메시지를 전달하는 유치한 짓도 결코 하지 않을 거다. 또한 그가 나에게 호감을 표현하면 "야! 그건 고백이 아니잖아. 고백을 하려면 제대로 하던지!"라고 억지 부리며 모른 척 넘어가지도 않을 거다.

당신, 많이 깨달았구나? 정말 잘된 일이다. 물론 그 남자도 잘한 건 없지만, 당신의 쓸데없는 자존심이 썸을 망치는 데 가장 큰 공을 세웠으니까. 근데 당신은 참 어려운 길을 택했다. 그 남자와 예전처럼 관계를 회복하는 일은, 당신을 뽑을 생각이 없는 면접관의 마음을 뒤바꾸는 것만큼 어렵고 험난한 여정이 될 거다.

물론 가능성이 전혀 없는 건 아니다. 기업 면접에서 분명 회사에 필요한 경력이 있는 인재인데, 면접 시작부터 지나친 연봉을 요구해 면접관 눈 밖에 난 지원자가, 자신이 이 회사에 입사하고 싶은 이유는 연봉이 아니라 입사 그 자체에 있다는 뜻을 조리 있고 명료하게 전달하여, 강직한 면접관의 마음을 뒤바꾸는 경우도 흔치는 않지만 분명 있으니까.

그런데 난 당신이 의심스럽다. 자존심이 그렇게 강한 당신이 과연 그와 다시 썸을 타기 시작했을 때, 같은 실수를 반복하지 않으리라는 보장이 없기 때문이다.

"제가 바보예요? 다신 안 그러죠!"

당신이 바보가 아닌 건 알지만, 이번엔 상황이 좀 달라졌으니 하는 말이다.

과거에는 당신과 그가 동등한 위치에서 사랑을 했다. 또한 그가 당신을 원했고, 당신도 그를 원했다. 그러나 남자의 마음이 식어 썸이 끝나버린 지금, 당신과 그가 동등한 위치에서 썸을 탈 순 없다. 다시 썸을 시작하려면 이번에는 당신이 그에게 일방적으로 다가가야 할 것이다.

이 상황을 비즈니스식 표현을 빌려 설명하면 '당신이 협상에서 잃을 게 너무 많다'. 이번엔 당신이 무조건 굽히고 들어가야 하기 때문이다. 기업 면접의 예시로 다시 돌아가보자. 애초에 지원자가 적당한 연봉을 원했다면, 기업에서도 그가 꼭 필요한 인재였기 때문에 채용했을 것이다. 그러나 그는 경력에 비해 지나친 연봉을 요구하여 면접관의 관심에서 벗어났고, 지금 와서 본인은 연봉보다 입사 자체가 중요하다고 말을 바꿔가며 매달리고 있다.

내 생각에 면접관은 결국 그를 뽑을 것이다. 그러나 이번에는 상황이 뒤바뀌어 지원자는 면접관이 제안하는 연봉, 그러니까 애초에 그가 받을 수 있던 연봉보다 낮은 액수를 역제안 받을 각오를 해야 할 것이다. 마찬가지로 당신에게서 마음이 떠난 썸남과 다시 시작하고 싶다면, 이번엔 당신이 자존심이고 뭐고 다 포기할 준비를 해야 한다는 말이다.

그와 다시 잘되고 싶은 마음은 간절한데, 여자의 자존심을 쉽게 포기하는 건 또 아닌 것 같다고? 그건 절대 있을 수 없는 일이다! 그가 왜 다시 전처럼 당신의 자존심까지 고려해가며 썸을 타야 하나? 그는 당신을 마음에서 몰아낸 지 오래다. 다시 관계를 회복하고 싶은 건 당신이다. 이제 아쉬운 건 그가 아니라 당신이란 말이다! 그니까 애초에 잘했으면 이런 일도 없지 않은가!

기회는 새와 같아서 잡지 않으면 날아간다. 가만히 앉아 있는 당신 옆으로 날아와 날갯짓하며 재롱을 떨던 그 새를 다시 잡기 원한다면, 이번엔 당신이 그 새가 좋아하는 연두색 애벌레를 들고 온갖 재롱을 부려가며 유혹해야 할 것이다.

그 새가 깃털이 참 예뻤고 목소리가 고왔다는 건 나도 인정하지만, 이미 당신의 실수로 떠나보낸 그 새를 다시 잡으려고 하기보다는, 언제가 될지 모르지만 당신 옆에 살포시 날아와 앉을 새로운 새를 위해 그 연두색 애벌레를 아껴두라고 조언하고 싶다.

다시는 아무것도 모르는 순진한 새와 밀당하려 들지 말고!

Chapter. 3

요즘 남자의 속마음이   궁금한

그대에게

정말 원하는 건 쉽게 얻을 수 없다.

마음 깊숙이 자리 잡은 두려움을 부숴버려라.

자신을 온전히 신뢰하라.

당신이 스스로 보기에 충분히 매력적인 여자라면,

그도 당신을 그렇게 보고 있을 확률이 높다.

괜찮은 남자는 괜찮은 여자를 알아보는 법이니까.

여자가 선톡하면
남자는 자기를
좋아한다고 생각할까?

운 좋게 그의 연락처를 손에 넣었지만 선톡을 보내기는 어렵다. 먼저 연락하면 내가 자기를 좋아한다고 그 남자가 확신해버릴 거란 두려움 때문이다. 그가 선톡을 해주기를 마냥 기다렸지만, 정작 내게 선톡을 보내는 남자들은 하나같이 내 스타일이 아닌 남자들뿐이다. 이러다간 그의 머릿속에서 내 존재가 잊힐 것 같아, 시답잖은 이유를 핑계로 먼저 연락하려고 카톡 채팅창에 메시지를 썼다 지웠다를 수십 번 반복했지만, 선톡을 보낼 용기보다 자존심이 컸는지 매번 실패에 그치고 만다.

남자가 먼저 연락하는 여자를 어떻게 생각하는지 알아보기 위해 여자들이 고려해야 할 것은, 현재 그 남자와 자신의 관계다. 우선 친한 친구나 편한 오빠·동생 사이에서 여자가 보내는 선톡에는 남자가 별 의미를 두지 않는다. 그 메시지가 특별히 의미심장하지 않다면, 당신이 아무리 자주 연락한다 해도 남자가 그 사실 하나로 당신을 오해하는 일은 없을 거다.

두 번째는 공적으로 아는 사이다. 그와 당신은 업무 때문에 연락처를 교환한 사이라는 말이다. 그런 사이에서 여자의 선톡도 남자는 아무런 의심 없이 받아들인다. 연락한 내용이 일에 관련된 것이라면 더욱. 사실 이런 관계가 연인으로 발전하기 가장 쉽다. 일을 핑계로 연락하며 농담을 주고받고, 일을 핑계로 연락하다가 시간이 맞는다는 구실로 같이 식사를 할 수도 있으니까. 거래처 직원과 눈이 맞아 결혼한다는 사연을 주변에서 심심치 않게 접하는 것도 이 때문인 듯싶다. 어쨌든 공적인 사이에서 여자가 먼저 카톡을 보내는 데는 남자가 별다른 의미를 부여하지 않는다.

세 번째는 상대가 지인에게 소개 받은 남자인 경우다. 이런 경우 여자가 남자에게 선톡을 보내면 남자는 충분히 의미를 부여할 수 있다. 애초에 이성으로 소개 받았으니, 상대가 먼저 연락한 것은 적어도 자신을 더 알아보고 싶다는 의미라고 생각하기 때문이다.

그렇다면 여자는 소개팅 후에 아무리 남자가 맘에 들어도 먼저 카톡을 보내면 안 될까? 남자가 그 사실에 의미를 부여할 수 있기 때문에? 뭐, 그건 당신 마음이다. 그런데 당신이 한 가지 알아둬야 할 사실이 있다. 요즘은 소개팅 후 여자에게서 한 번이라도 먼저 연락이 오지 않으면 다음 만남을 추진하지 않는 남자가 정말 많다는 사실이다. 과거 소개팅에서 늘 자기가 먼저 애프터를 신청하고 다음 데이트를 준비했지만, 데이트 후 여자가 "우린 안 맞는 거 같아요"라고 말한 경우가 대부분이었기 때문이다.

그래서 요즘 남자들은 자기에게 관심이 없는 것 같은 여자의 마음을 얻으려고 하기보다, 초반에 조금이라도 자기에게 관심을 보이고 몇 번 더 만나고 싶어 하는 여자에게 시간과 돈을 투자한다.

마지막으로 친구 사이도 아니고, 공적으로 아는 사이도 아니고, 소개팅에서 만난 사이도 아닌, 진짜 아무 연결고리도 없는 사이에서 여자가 먼저 연락을 시도할 때다.

"그 남자는 제 친구의 친구인데요?"
"그 남자는 같은 스터디 모임 멤버인데요?"

그게 뭐? 그 남자가 당신 친구의 친구라는 사실이 그와 당신의 연결고리라고? 그와 당신이 같은 스터디 모임에 참여하니 안 친한 사이는 아니라고? 당신 지금 무슨 말을 하는 건가? 당신과 그 남자는 안 친한 사이가 맞다. 그 남자는 당신 친구의 친구지, 당신 친구는 아니다! 또 그는 당신이 참여하는 스터디 모임의 멤버지, 당신의 과외 선생님이 아니다! 이런 사이일 때, 여자가 보내는 선톡은 당연히 남자의 궁금증을 유발한다. 당신이 어떤 이유를 들어 그에게 연락하든, 그는 당신의 연락에 의미를 부여할 것이다.

입장을 바꿔 생각하면 당신도 그렇지 않겠는가? 대학 강의실에서 인사만 나누던 남자가 어느 날 당신에게

「안녕하세요, 지유 씨^^ 혹시 심리학 연구 자료 찾아보려면 어느 사이트로 접속해야 하는지 아세요? 지난번에 분명히 교수님께 들었는데 기억이 잘 안 나네요~」

이런 메시지를 보냈다고 생각해봐라. 당신도 분명히 '어?

다른 사람도 많은데 굳이 나에게?' 하고 의미 부여를 시작할 것이다.

이게 사실이라면 당신은 이제 어떻게 행동해야 할까? 당신이 관심 있다는 걸 남자가 눈치 채면 안 되니까 아무리 시간이 오래 걸려도 그의 연락을 기다려야 할까, 아니면 눈 딱 감고 그와 친해지기 위해 자존심을 내려놓아야 할까? 답은 당신 마음속에 있다.

우선 당신이 왜 그에게 선톡을 보내려는 마음이 생겼는지부터 살펴라. 당신이 실제로 그를 잘 알지 못하는데도, 그가 의미를 부여할 가능성이 있다는 걸 알면서도, 그에게 선톡을 보내려는 이유는 분명하다. 당신이 현실에서 그 남자와 마주칠 일이 거의 없거나, 그와 현실에서 마주쳤을 때 호감을 표현할 용기가 없기 때문이다. 그래서 당신은 뒤에서라도 그와 친해지고 싶은 거다.

어차피 그와 잘되려면 당신은 어떻게든 관심을 표현해야 한다. 당신은 가만히 있는데 당신 마음을 읽고 다가와 "당신의 마음이 보이는군요. 제 마음도 당신과 같답니다"라고 고백할 남자는 없다. 그와 썸이라도 타려면, 앞에서든 뒤에서든 언젠가는 당신이 그에게 관심을 표현해야 한다는 말이다.

그 남자가 마음에 든다면 남자가 의미를 부여하든 말든 먼저 연락을 시도해야 나중에 후회하지 않는다. 여자가 먼저 연락했다고 자기에게 완전히 빠졌다고 섣불리 단정 짓는 남자는 거의 없다. 물론 그렇게 단정 짓고 거만한 태도로 당신의 연락에 답하는 남자도 있겠지만, 그런 녀석은 당신과 어울리지 않을뿐더러 몇 번 만나보고 당신이 뺑 차버렸을 주제 파악 못 하는 녀석이니 신경 쓸 필요 없고. 평소에 당신을 좋게 생각하던 정상적인 남자라면 당신에게 연락을 받은 바로 그 순간부터 당신이 신경 쓰이고, 당신에게 잘 보여야 한다는 이상한 강박관념에 사로잡힐 것이다. 그리고 어느 순간 전세는 뒤바뀌어, 그가 당신에게 먼저 연락하게 될 것이다.

이 모든 게 당신의 작은 용기에서 비롯됐다는 사실이 믿기는가? 당신은 그에게 부담을 준 것도, 사랑을 고백한 것도 아니다. 그저 아무런 교류가 없던 둘 사이에, 먼저 소통의 장을 열었을 뿐이다.

작은 용기도 내지 못하면서 원하는 걸 얻을 생각은 마라. 남녀 관계도 다를 게 없다. 당신이 원하는 남자를 얻기 위해

선 용기가 필요하다. 당신이 누구보다 자신을 잘 가꾸고, 매력적이고 진실한 여자라는 건 많은 사람들이 알고 있다. 그랬기에 지금까지 당신이 좋다고 대시하는 남자가 그토록 많았던 것 아니겠는가!

하지만 그런 당신도 원하는 남자를 얻기 위해선 용기를 내고, 최선의 노력을 기울여야 한다. 세상 모든 일이 그렇듯, 정말 원하는 건 쉽게 얻을 수 없다. 마음 깊숙이 자리 잡은 두려움을 부숴버려라.

먼저 연락하면 그가 나를 쉽게 볼지도 모른다는 두려움, 그가 내 연락을 부담스럽게 생각할 것 같다는 두려움. 이런 아직 일어나지도 않은 일에 마음을 뺏기지 말고, 자신을 온전히 신뢰하라. 당신이 스스로 보기에 충분히 매력적인 여자라면, 그도 당신을 그렇게 보고 있을 확률이 높다. 괜찮은 남자는 괜찮은 여자를 알아보는 법이니까.

이제 마음을 편히 먹고 당신의 마음이 시키는 대로 행동하자. 그가 당신에게 적합한 남자라면 이 기회를 발판 삼아 당신에게 다가올 것이고, 적합한 남자가 아니라면 스스로 떨어져 나갈 것이다.

당신이 스스로 보기에

충분히 매력적인 여자라면,

그도 당신을 그렇게 보고 있을 확률이 높다.

괜찮은 남자는 괜찮은 여자를

알아보는 법이니까.

30대 남자가
사랑의 시작에
덜 적극적인 이유

왜 그럴까? 20대가 지나고 30대로 들어서면 남자 몸에서 '연애 감정 차단 호르몬'이 분비되기 때문일까, 아니면 남자의 연애세포가 서서히 죽어가서 그럴까? 그것도 아니면 남자의 삶이 20대보다 바빠져서 그럴까? 전부 아니다. 연애 감정 차단 호르몬 같은 건 존재하지 않고, 연애세포 또한 실재하는 게 아니니 죽는 일이 있을 수 없으며, 10대 남자나 20대 남자, 30대 남자가 다 나름의 이유로 바쁘다.

그렇다고 '30대 남자는 20대 초·중반 남자에 비해 적극적이지 않다'는 여자들의 주장이 잘못된 건 결코 아니다. 같은 남자인 내가 봐도 분명 30대 남자가 20대 초·중반 남자보다 사랑을 시작하는 일에 덜 적극적이니까.

이런 일률적인 현상이 도대체 왜 나타날까? 답은 '경험'에 있다. 그래서 나는 남자가 30대가 되면 연애에 덜 적극적이라는 말에 반만 동의한다. 정확히 말하면 30대 남자가 연애에 덜 적극적인 게 아니라, 여자에게 상처를 많이 받아본 남자가 연애에 덜 적극적인 것이다.

즉 살아오며 여자를 많이 만나보지 못한 30대 남자는 20대 남자처럼 연애에 적극적일 수 있다. 반대로 여자를 많이 만나보고 상처도 많이 받아본 20대 중반의 남자는 30대 남자처럼 연애에 덜 적극적일 수 있다. 그러나 이 글에서는 비교적 살아온 인생이 긴 30대 남자가 여자와 더 많이 교류했을 거라는 전제 아래, 상처 많은 남자를 '30대 남자'라고 통칭하겠다.

위에 언급한 '상처'란 무엇인가? 여자를 열렬히 짝사랑해서 마음을 표현하며 따라다녔지만, 여자가 일말의 여지도 주지 않아 혼자 마음을 정리하며 받은 상처.

서로 관심이 있는 것 같아 기껏 썸으로 관계를 발전시켰더니 여자에게 오래 사귄 남자친구가 있었고, 자기는 그저 보험이라는 걸 깨달았을 때 받은 상처.

내 스타일인 여자가 눈이 마주칠 때마다 방긋방긋 눈웃음을 치고, 나를 걱정하고 챙겨주는 듯한 말을 하여 그녀와 잘해보고 싶은 마음에 맛있는 음식점에 데려가고, 영화도 보여주고, 생일에 값비싼 선물도 했는데 그녀 주위에 나 같은 남자가 한 무더기나 더 있었으며, 나는 그녀의 어장에서 그녀에게 잘 보이기 위해 꼬리를 흔들며 열심히 헤엄치는 여러 물고기 중 하나였다는 사실을 깨달았을 때 받은 상처.

오랫동안 쫓아다닌 끝에 내 여자친구가 된 그녀에게 간과 쓸개를 빼줄 정도로 몇 년을 헌신했는데, 여자가 결혼할 시기가 되어 나보다 돈 많은 남자와 바람이 나 울고불고 매달리는 나를 매몰차게 떠났을 때 받은 상처.

이렇게 살아오면서 여자에게 받았던 여러 모양의 상처가 남자의 마음을 딱딱하게 굳혀버린 것이다. 이처럼 여자에게 상처 받은 경험이 많은 남자일수록 연애를 시작하는 데 덜 적극적이며, 여자와 연애를 위해 썼던 시간과 돈을 이제 자신을 행복하게 만드는 데 사용하기 시작한다.

여자는 이런 30대 남자의 시큰둥한 반응에 무척 당황한다. 20대 남자의 마음을 애태우게 만든 자신의 밀당 스킬이 30대 남자에게는 전혀 통하지 않으며, 심지어 그들의 마음을 닫히게 만든다는 사실을 깨닫고, 왜 30대 남자는 20대 남자와 다른지 여기저기 묻고 다닌다.

어차피 답은 같으니 이제 그만 묻고 내 말을 들어라. 내가 지금 딱 그 시기에 접어들었기에 그들의 마음을 누구보다 잘 안다. 30대 남자에게는 웬만하면 밀당을 시도하지 마라. 싫은 남자에게 싫다는 표현을 하지 말라는 게 아니다. 당신이 호감을 가지고 있는 남자가 30대라면, 지금부터 당신의 마음을 솔직하게 오픈하라는 말이다. 물론 나는 20대 남자에게도 솔직히 다가가는 게 밀당을 하는 것보다 훨씬 좋은 방법이라고 생각하지만, 30대 남자는 특히 밀당에 아주 민감하다.

나이가 있는 만큼 다양한 여자를 겪어봤을 터. 그들은 더이상 카톡 답을 늦게 하는 여자, 만남을 거절하는 여자, 질투를 유발하는 여자에게 적극적으로 다가갈 의욕이나 패기가 없다. 가뜩이나 삶에 치여 지치고 피곤한데, 나에게 관심이 있는지 없는지도 모르는 여자에게 소중한 시간과 감정을 굳이 소모하고 싶지 않기 때문이다.

그들도 어릴 때는 자기가 좋아하는 그 여자가 운명의 여인인 줄 알았고, 그 여자가 없으면 인생이 아무 의미가 없을 것 같았지만, 어느 정도 살아보니 세상에 여자는 많고, 연애는 다 거기서 거기라는 사실을 깨달아버렸기 때문이다. 30대 남자가 여자를 만나는 데 어려움이 예상되면 즉시 발을 빼는 경우가 많은 건 이 때문이다.

이는 마치 우리가 10대에는 주말에 놀이동산에 가서 놀이기구 하나 타려고 한 시간 반을 줄 서서 기다렸지만, 지금은 굳이 가야 한다면 사람이 없는 평일에 가서 길게 줄 서지 않고 놀이기구를 이용하고 싶어 하는 것과 같은 이치다. 또 처음 비행기를 탈 때는 바깥 풍경이 보이는 창가 쪽에 앉겠다고 형제와 멱살까지 잡아가며 싸웠지만, 장거리 비행을 몇 번 해본 지금은 언제든 눈치 보지 않고 화장실에 갈 수 있는 복도 쪽 좌석을 선호하는 것과 같은 이치다.

그러니 당신이 마음에 두고 있는 남자가 30대라면, 당신이 그에게 관심을 가지고 있다는 사실을 그가 눈치 채게 만들어라. 관심이 있음을 알려주는 건 창피하거나 부끄러운 일이 절대 아니다. 당신이 그 남자의 바짓가랑이를 잡고 나 좀 만나달라고 사정하는 것도 아니고, '너라는 사람이 지금 내 흥미를 끌고 있어' 정도의 메시지를 던지는 건 결코 남자를 당신 우위에 서게 만들지 못하며, 도리어 남자가 당신이란 여자를 궁금하게 만드는 촉진제 역할을 한다.

당신이 좋아하는 그 30대 남자 앞에서, 지금까지 당신이 부끄러움을 감추기 위해 쓰고 있던 가면을 벗어던져라. 그러면 다양한 경험을 통해 여자를 대하는 방법을 배운 30대 남자가, 어린 남자는 쉽게 보여줄 수 없는 원숙하고 어른스러운 방법으로 당신을 뜨겁게 사랑해줄 터이니.

#그들은 #이제 #그냥 #귀찮을뿐

남자도 일부러
관심 없는 척을
할까?

그냥 얼굴만 알고 있던 지인이, 당신이 하는 일에 대해 자문을 구할 게 있다며 식사를 대접하고 싶다고 한다. 도울 수 있는 일이면 기꺼이 도와주자는 마음으로 그 자리에 나갔는데, 당신 앞으로 당신이 죽고 못 사는 랍스터버터구이가 들어온다. 당신은 여기서 어떤 반응을 보일 텐가?

나라면 랍스터버터구이가 들어오는 순간부터 놀란 표정으로 상대의 눈을 응시하며 이렇게 말할 것이다.

"와! 제가 꼭 먹어보고 싶었던 음식이에요! 라스베이거스에 갔을 때, 바카날뷔페에서 랍스터 꼬리 버터구이를 살짝 맛보고 나중에 통째로 사 먹어야겠다고 다짐했는데… 생각지도 못한 타이밍에 이 귀한 걸 먹네요. 오늘 궁금한 거 다 물어보세요! 이거 먹으면 말도 술술 나올 거 같아요, 하하하!"

이건 정말 내 가슴 깊숙한 곳에서부터 우러나오는 리액션이다. 나는 상대가 나보다 연장자든, 어리든, 동성이든, 이성이든 상관없이 동일한 반응을 보일 것이다. 나는 음식을 사랑하는 사람이고, 좋아하는 음식을 보면 흥분해서 말이 많아지기 때문이다.

그런데 같은 상황에서 나와 정반대 반응을 보이는 사람도 분명 존재한다. 그들은 이런 식사 자리에서 아무리 본인이 좋아하는 음식이 나와도 절대 흥분한 티를 내지 않는다. 그들은 음식이 나오면 "뭐 이런 좋은 걸… 잘 먹겠습니다!" 한마디를 남기고, 상대의 질문에 답해가며 음식을 속으로 즐길 것이다. 그들은 별로 친하지 않은 사람이 맛있는 음식을 사줬다고 마냥 신나서 혼자 떠들어대는 건 점잖지 못한 행동이라고 생각하기 때문이다.

내가 왜 음식 이야기를 이토록 장황하게 늘어놓는지 감이 오는가? 맞다, 좋아하는 여자를 대하는 남자의 태도 역시 성격에 따라 다르다는 이야기를 하고 싶어서다. 어떤 남자는 좋아하는 여자가 생기면 자기 마음을 상대에게 알려주려고 애쓴다. 속으론 숨기고 싶은데 억지로 그러는 게 아니라, 여자에 대한 자기 마음을 가슴속에 담아두면 답답해서 도무지 견딜 수 없는 성격이기 때문이다. 그에겐 감정을 있는 그대로 드러내는 일이 훨씬 자연스러운 일이다.

반면에 어떤 남자는 좋아하는 여자가 생기면 자기 마음을 상대가 알아채지 못하도록 철저히 감춘다. 그에겐 마음을 상대에게 들키는 것이 매우 자존심 상하고 민망한 일이기 때문이다. 그는 일부러 좋아하는 여자에게서 멀리 떨어져 다니고, 우연히 그녀와 눈이 마주치거나 말을 섞는 상황이 오면 속으로 매우 긴장되고 기쁘지만, 겉으로는 아무렇지 않다는 듯 자연스럽게 행동하려고 애쓴다.

아이러니한 건, 자기 마음을 드러내는 남자보다 숨기는 남자가 좋아하는 여자에 대한 정보를 훨씬 많이 알고 있다는 점이다. 좋아하는 마음을 드러내는 남자는 단순하고 직선적인 성격이기 때문에, 그녀가 눈앞에 있을 때 대화를 통해 그녀와 더 친해지려고 노력한다. 반면에 일부러 여자에게 관심 없는 척하는 남자는 신중하고 분석적인 성격의 소유자인 경우가 많아, 뒤에서 그녀에 대한 정보를 차근차근 수집하고 있을 가능성이 높다. 이런 사람의 치밀함은 생각보다 놀라워서, 어떤 남자가 자기가 좋아하는 여자와 SNS에서 자주 댓글을 주고받는 것 같다면 현실에서 그 남자의 행보를 면밀히 관찰하기도 한다.

아무리 봐도 여자들이 좋아하는 남자에게 하는 행동 같나? 날 믿어라. 저렇게 행동하는 남자가 당신 생각보다 훨씬 많다. 당신에게 분명 관심이 있는 것 같은데 인사도 안 하고, 말을 걸지도 않고, 친해지려 하지도 않는 남자. 그가 바로 좋아하는 여자에게 일부러 관심 없는 척하는 남자일 수 있다. 물론 당신이 자주 착각에 빠지는 여자가 아니라는 전제 아래 말이다.

'남자는 여자가 좋으면 무조건 티를 낸대!' 이런 구시대적 통념은 쓰레기통에 던져버려라. 이 세상 어딘가에는 나와 사고방식이 다른 사람이, 자신이 옳다고 믿으며 멀쩡히 살아가고 있다. 그럼 좋아하는 여자에게 일부러 관심 없는 척하는 남자와 잘해보고 싶다면 어떻게 해야 하냐고?

당신이 확신을 주는 수밖에 없다. 좋아하는 걸 드러내는 남자는 여자가 자기에게 관심이 있을 확률이 5퍼센트만 돼 보여도 적극적으로 대시하지만, 좋아하는 여자에게 관심 없는 척하는 남자는 여자가 자기에게 관심이 있을 확률이 60퍼센트 이상 돼 보이지 않는 한, 아무런 행동도 하지 않을 것이며, 90퍼센트가 되기 전까지는 절대 자신의 속마음을 털어놓지 않을 거다.

뭐 이렇게 소심한 남자가 있냐고? 얘들 성격이 이런 걸 나더러 어쩌란 말인가. 당신도 학창시절에 짝사랑하던 다른 반 남학생에게 졸업하는 날까지 말 한 번 못 걸어보고, 집에 와서 땅을 치고 후회한 경험이 있지 않은가! 얘들도 그렇다. 관심 있는 그녀와 자연스럽게 인사도 하고 사적인 대화도 나누고 싶은데, 그놈의 자존심이 허락지 않으니 어쩔 수가 없는 거다.

불평만 하지 말고 내 말을 한번 들어봐라. 당신이 그를 잘 돼도 그만, 안 돼도 그만인 남자로 여긴다면 그가 지금처럼 뒤에서 당신을 좋아하도록 내버려둬라. 그러다 도저히 못 참겠으면 적극적으로 다가오겠지. 그러나 당신은 그와 잘해보고 싶은 마음이 큰데 그가 자존심 때문에 일부러 관심 없는 척하는 것 같다면, 당신이 다가가서 '나도 너를 마음에 두고 있다'는 사인을 보내면 된다.

그래도 다가오지 않는다면 둘 중 하나다. 그 남자가 도무지 어찌해볼 도리가 없는 '연애 불구'이거나, 애초에 당신이 그의 행동을 잘못 읽었거나.

#음식앞에서 #오버하는 #사람이라고
#꼭 #이성앞에서 #오버하지는
#않는답니다 #하하하하하

남자는
정말 첫사랑을
못 잊을까?

———

　　　　　그녀의 긴 생머리, 새하얀 피부, 하트 모양 입술, 때때로 살짝 젖은 머리에서 은은히 풍기던 라벤더 향…. 남자는 정말 영화나 드라마에서 묘사되는 것처럼 첫사랑에 대한 기억을 평생 안고 살아갈까? 기억하는 건 그렇다 치고, 정말 그 후에 만난 다른 여자와 깊은 사랑에 빠져도 남자는 첫사랑을 잊지 못하고 평생 그녀를 그리워하며 살아갈까?

　내가 보기에 이 관념은 미디어가 낳은 스테레오타입이다. 쉽게 말해 영화나 드라마가 만든 고정관념이라는 말이지.

조금만 시간을 내 현실을 들여다보면 이 고정관념이 얼마나 우스운 것인지 알 수 있다. 우선 영화나 드라마에서 묘사되는 '첫사랑 그녀'의 이미지가 어떤가? 대부분 청순하고 순수하며 아름답다. 왜 그런지 몰라도 '첫사랑 그녀'는 반에서 제일 예쁘게 생긴 여학생인 경우가 많다. 또 그녀 주변에는 꼭 왈가닥 절친이 있고, 두 사람은 심성이 아주 착해 일진들에게 이유 없이 괴롭힘을 당한다.

대체 이게 뭔가? 왜 늘 첫사랑으로 묘사되는 그녀들은 하나같이 비슷한 이미지를 가졌느냐 말이다! 우리가 흔히 듣는 남자의 첫사랑 이야기는 이것부터 말이 안 된다. 당신이 남자라면 이 질문에 답해보라. 학창시절에 저런 완벽한 여학생이 당신 주위에 있었나? 뭐, 있었을 수도 있겠다. 근데 그녀가 당신이 좋다고 하던가?

보통 남자는 여자에 대한 호기심이 차고 넘칠 때 첫사랑을 시작한다. 남자가 여자를 진짜 좋아해서 만나기 시작했을 수도 있지만, 단순히 여자라는 존재가 궁금해서 사랑을 시작하는 경우도 상당히 많다는 것이다. 그리고 당신이 처음 운전할 때나 요리할 때, 악기를 다룰 때처럼 남자도 처음 사랑을 시작할 때 많은 시행착오를 겪는다.

실제로 남자들이 모여 첫사랑에 대해 이야기하면 "잘 기억이 나지 않는다" "싸운 기억밖에 없다"는 의견이 제일 많다. 당연하다. 남자가 첫사랑을 할 때는 분명 어리고 여자 경험도 없었을 텐데, 어떻게 영화나 드라마에서 나오듯이 첫사랑 그녀와 잊지 못할 추억만 한가득 만들었겠는가. 남자도 여자와 마찬가지로 첫사랑은 서툴고 미숙해서 아쉬운 기억으로 남았을 확률이 정말 높다.

"죄송하지만, 지금 첫사랑에 대한 정의를 잘못 내리신 것 같아요. 제가 듣기론 남자에게 첫사랑은 처음 사귄 여자가 아니라 처음 열렬히 사랑한 여자래요!"

그럼 당신이 더욱 신경 쓸 이유가 없지 않은가. 첫사랑이라는 단어에서 '첫'이라는 관형사에 의미가 없다면, 애초에 당신이 그 남자의 첫사랑을 걱정할 게 뭔가? 그 남자가 과거에 사랑한 여자가 있었을까 봐? 미안한 말이지만 당신이 모태솔로를 찾아다니지 않는 이상, 사랑해본 경험이 한 번도 없는 남자는 못 만난다. 그리고 그가 그녀를 정말 열렬히 사랑했다면 헤어지지 않았겠지. 당신이 과거에 만나다가 헤어진 남자에게 별 의미를 두지 않는 것처럼, 그 남자도 그렇다.

대체 어떤 남자가 '내가 처음 사랑한 여자의 외모, 그녀와 함께 만든 추억을 머리에 새기고 평생 기억하며 살아야지!'라는 괴이한 다짐을 한단 말인가! 어떤 남자가 이런 생각을 했다면 그건 그 여자가 처음 사랑한 여자였기 때문이 아니라, 남자의 기억에 남을 만큼 좋은 여자였기 때문일 것이다.

그러니 '처음이라 첫사랑' '처음 열렬히 사랑해서 첫사랑' 이런 말장난 같은 순서에 의미를 부여하지 말고, 지금 당신 곁에 있는 그를 사랑하는 데 집중하라.

그가 지금 사랑하는 여자는 당신이고, 당신이 정말 멋지고 괜찮은 여자라면 그의 첫사랑은 끝까지 당신일 테니까.

지금 당신 곁에 있는

그 사람을 사랑하는 데 집중하라.

당신이 정말 멋지고 괜찮은 여자라면

그의 첫사랑은 끝까지 당신일 테니까.

남자는 수줍음이 많은 여자를 어떻게 생각할까?

남자에겐 보호본능이 있다. 수렵시대에 맹수와 다른 부족으로부터 가족과 재산을 지키기 위해 자연스럽게 체득한 본능이다. 그런데 오늘날에는 남자의 보호본능이 다른 곳에서 깨어난다. 현대사회에서 남자의 보호본능은 맹수나 다른 부족과 마주칠 때가 아니라, 애교가 많은 귀여운 여자를 볼 때 깨어난다. 여기서 애교란, 인위적인 애교가 아니라 몸에 밴 듯한 자연스러운 애교를 말한다.

여자가 뭔가 열심히 하려고 하는데 마냥 서투른 모습도 남자의 보호본능을 자극한다. 이런 모습을 보면 같은 여자들은 분노가 솟구쳐 오르지만, 남자들은 헤벌쭉대며 여자를 바라보는 경우가 많다. 그리고 뭔가에 홀린 듯 여자를 도와주려고 자리를 박차고 일어난다. 이게 현대사회를 살아가는 남자들이 느끼는 보호본능이다.

그렇다면 수줍음을 잘 타는 여자는 어떨까? 남자 앞에 가면 얼굴이 빨개지고, 말을 버벅거리며, 눈도 잘 마주치지 못하는 여자. 이런 모습도 남자의 보호본능을 자극할까?

그렇다. 여자가 부끄러워 어쩔 줄 모르는 모습은 남자의 보호본능을 자극하기에 충분하다. 실제로 남자는 이런 여자의 모습에 호감을 느끼는 경우가 많다. 그러나 실상은 조금 더 복잡하다. 여자가 수줍음을 타는 모습이 남자의 마음을 닫게 만드는 경우도 있기 때문이다. 남자는 왜 한 가지 행동에 상반된 반응을 보일까? 남자의 성향이 다 달라서 그럴까? 그 때문일 수도 있지만, 핵심은 그게 아니다. 이 문제에 대해 우리가 알고 넘어가야 할 건, 수줍음에도 종류가 있다는 것이다.

나는 그걸 '능동적 수줍음'과 '수동적 수줍음'이라 부른다. 이는 방향성의 이야기다. 능동적 수줍음이란 내가 앞에 설명한, 남자의 보호본능을 자극하는 수줍음이다. 남자 앞에서 마냥 부끄럼을 타면서도 결코 남자에게 관심 있음을 숨기지 않는 수줍음 말이다. 그러니까 부끄러워하면서도 남자 주변에 머물고, 부끄러워하면서도 남자에게 말을 걸고, 부끄러워하면서도 남자의 말에 호응하는 것이 능동적 수줍음이다.

반면에 수동적 수줍음은 부끄러우니까 남자와 최대한 멀리 떨어져 있고, 부끄러우니까 남자에게 절대 먼저 말을 걸지 않고, 부끄러우니까 남자가 말을 걸면 정색하고 짧게 답하는 것이다. 이런 수동적 수줍음은 남자의 마음을 서서히 닫히게 만든다.

능동적인 수줍음을 타는 여자는 어쩌다 남자가 관심을 표현하면, 부끄러움에 몸을 배배 꼬면서도 그 말을 들어 기분이 너무 좋다는 리액션을 보여준다. 그러나 수동적인 수줍음을 타는 여자는 어쩌다 남자가 관심을 표현하면, 무미건조하게 받아치거나 심지어는 버럭 화를 내기도 한다. 반응이 이렇다 보니 남자는 여자가 자기에게 전혀 관심이 없다고 생각할 수밖에.

이런 모습은 자기가 볼 때나 부끄러움을 타는 거지, 남이

볼 때는 상대가 싫다고 밀어내는 걸로 보인다. 이처럼 똑같이 부끄럼이 많은 여자라도 그 표현 방식이 능동적이냐 수동적이냐에 따라 남자의 보호본능을 자극하기도 하고, 자극하지 않기도 한다.

그렇다고 해서 수동적 수줍음을 타는 여자들을 몰아붙이고 싶진 않다. 그들이야말로 그러고 싶어 그러겠나? 몸이 마음을 따라주지 않는 걸 어쩌겠는가! 하지만 그들에게 한 가지 해주고 싶은 말은 있다. 본인의 수줍음을 표현하는 방식이 수동적이라면 그냥 가만히 있어라.

수동적 수줍음을 타는 여자들은 좋아하는 남자에게 자꾸 툭툭거린다. 부끄러우니까 괜히 더 차갑게 구는 것이다. 그렇게 행동할 바에야 차라리 가만히 있는 게 낫다. 호감남에게 말 걸 자신이 없으면 그를 조용히 지켜보기라도 하고, 호감남이 말을 걸 때 너무 부끄러우면 그냥 그의 말을 듣고 있어라. 그런다고 해서 그와 잘될 확률이 높아지진 않지만, 괜히 호감남에게 툭툭거리고 면박을 주는 것보다 낫다.

제발 당신의 부끄러움을, 민망함과 어색함을 거칠게 해소하지 말고 꾹 참아라. 그 연습이 충분해지면 이제 능동적 수

줌음의 단계로 한 발짝 나가자. 서두에 말했듯이 이건 방향성의 문제다. 능동적 수줍음을 타는 여자에겐 '어떻게든 남자에게 호감을 표현하겠다!'는 방향성이 있고, 수동적 수줍음을 타는 여자에겐 '내 마음을 남자에게 절대 들키지 말아야지!'라는 방향성이 있는 것이다.

늘 되풀이하는 말이지만, 사랑은 내가 적극적일 때 이뤄질 확률이 높다. 사장이 '어떻게든 이 옷을 팔아야지!'라는 방향성을 가지고 손님을 맞는 옷가게와 '내가 옷을 팔아 이익을 남기고 싶다는 속마음을 절대 손님에게 들키지 말아야지!'라는 방향성을 가지고 손님을 맞는 옷가게의 매출 차이는 어마어마할 것이다.

바로 이거다. 당신이 그 남자를 원한다면 방향성을 조정할 필요가 있다. 부산항에서 배의 키를 일본 쪽으로 설정하고, 바람과 파도의 도움을 받아 '중국에 도착했으면 좋겠다'는 희망을 품는 건 어리석은 일이다.

당신이 수줍음을 잘 타는 건 결코 당신 잘못이 아니다. 그러나 당신의 방향성이 잘못된 목적지로 향해 있는 건 누가 뭐래도 당신 잘못이다.

절대 먼저
연락하지 않는
남자의 심리

함께 있을 때 온갖 달콤한 말과 행동으로 나를 헷갈리게 만드는 그 남자. 내가 유달리 착각이 심한가 싶어 애써 부정하려고도 해봤지만, 아무리 생각해도 그 남자의 행동은 예사롭지 않다. 한 가지 마음에 걸리는 건, 그 남자가 한 번도 먼저 연락한 적이 없다는 사실이다. 그가 내게 관심을 먼저 표현했는데, 아이러니하게도 선톡은 내가 했다. 그것도 참다 참다 너무 궁금해서. 이 남자는 평소에 나를 전혀 떠올리지 않는 걸까, 아니면 먼저 연락하는 게 부끄러워 그럴까? 그것도 아니면 혹시 지금 연락하는 여자가 있는 걸까?

여자들의 성격과 성향이 다 다르듯, 남자들의 성격과 성향도 천차만별이다. 좋아하는 여자가 생기면 하루빨리 그녀의 마음을 얻기 위해 불도저같이 밀어붙이는 남자가 있는 반면, 좋아하는 여자가 생겨도 티를 잘 안 내는 남자도 있다. 불도저 같은 남자를 만난 여자는 헷갈릴 일이 없다. 남자가 알아서 연락부터 고백까지 일사천리로 진행할 테니까.

근데 사람의 심리가 간사해서, 처음부터 자기 마음을 받아달라고 몸부림치는 남자에게 여자는 그렇게 큰 매력을 느끼지 못한다. 더 나아가 그 남자의 진심을 의심하기도 한다.

지금까지 나는 {먼저 연락 안 하는 남자=나를 좋아하는 신중한 남자}라는 공식을 이끌어내기 위한 밑그림을 그린 걸까? 아니다. 앞에서 당신에게 잘하는 남자가 뒤에서 당신에게 연락하지 않는다고 그를 '당신을 좋아하는 신중한 남자'라고 대뜸 정의하다니, 당신도 참 성급하다.

섣불리 판단을 내리기 전에 자신에게 질문할 두 가지가 있다. 당신은 그에게 확신을 준 적이 있는가? 그의 호감 표현에 맞장구쳐준 적 있는가? 당신이 두 질문에 자신 있게 "예"라고 답하는데 한 번도 그의 선톡을 받아본 적이 없다면, 당신은 그를 다시 한 번 정의할 필요가 있다. 내가 보기에 그는 신중한 남자가 아니다.

신중한 사람은 어떤 사람인가? 신중한 사람은 상대가 모든 걸 해주기를 무작정 기다리는 바보가 아니다. 신중한 사람은 리스크를 두려워하는 사람이다. 그러기에 리스크가 존재하는 관계나 일에 섣불리 발을 담그지 않는다. 그런데 이번에는 당신이 나서서 그 리스크를 친히 제거해줬다. 당신이 언제 그랬냐고? 조금 전에, 그에게 선톡을 보냈다고 하지 않았나!

그가 당신 앞에서 자주 깔짝대며 헷갈리는 말과 행동을 반복하는 것은 분명 당신에게 관심이 있기 때문이다. 단 그가 한 번도 선톡을 하지 않았다는 것이 유일한 문제였던 셈인데, 당신이 그에게 먼저 카톡을 보내서 그가 두려워하던, '그녀가 나를 부담스러워할 수도 있다'는 리스크를 없애주었기 때문에 더 이상 선톡의 문제는 문제로 남아서는 안 되는 것이다.

그런데 당신은 여전히 그 문제를 떠안고 있다. 당신은 아직 그에게 선톡을 받아보지 못했으니까. 우리 인정할 부분은 인정하자. 그 남자는 신중한 남자가 아니다. 리스크가 다 제거

된 상황에서도 적극적으로 표현하지 못하는 남자는 바보거나 당신에게 관심 없는 남자, 둘 중 하나다. 그가 당신을 만나서 무슨 헷갈리는 말을 했든, 어떤 설레는 행동을 했든, 당신에게 먼저 연락하지 않는다면 그건 매우 부정적인 신호다.

시간을 줄 테니 과거의 기억을 더듬어보라. 그 남자를 처음 본 순간 당신이 먼저 관심을 가진 게 아닌지, 그래서 그의 행동에 의미를 부여한 건 아닌지 말이다.

이쯤에서 꽤 오랫동안 정설처럼 여겨지던 통념을 다시 정의해보자.

'남자의 연락과 관심은 비례한다.'

맞는 말이다. 절대 부정하지 않겠다. 남자가 좋아하는 여자에게 연락하지 않는다는 건 정말 말도 안 되는 이야기다. 하지만 이 말이 진리가 되려면 전제조건이 붙는다.

'여자가 확신을 주었을 때.'

당신이 한 일이라고는 당신에게 호감을 표현하는 남자의

모습을 오션파크 물개쇼 보듯 흥미롭게 지켜본 것밖에 없으면서, 남자가 연락을 하지 않는다고 불평하는 건 너무 이기적인 행동이다. 관계를 발전시키고 싶다면, 이젠 당신이 '나도 너에게 관심이 있어!'라는 확신을 줘야 한다.

그런 확신을 주었는데도 그에게서 연락이 오지 않는다면 그를 과감히 포기하라. 아! 물론 그가 두 손에 깁스를 하지 않았다는 전제 아래 말이다. 내가 해보니 손가락으로 휴대폰을 몇 번 터치하는 것만으로도 연락이 가능하더라.

어떤 사람들은 그 사실을 인정하지 못한 채 "연락이 없는 건 그렇다 쳐요. 제가 주말에 밥 먹자고 했는데, 공부할 게 많아 어렵대요. 다음 주에 한 번 더 물어볼까요?" 이런 고민을 나에게 메일로 보내기도 하는데, 마침 내게 이 질문을 하고 싶었던 독자들은 아래의 답을 참고하면 좋겠다. 다른 어떤 시나리오를 가져와도 내 답은 한결같을 테니까.

다음 주에 그에게 밥 먹자고 다시 제안할 바에야 부모님을 모시고 그분들이 좋아하시는 음식점에 가라. 그게 또 다른 모양의 사랑이다.

여자에게
자꾸 장난치는
남자의 진심은?

그 남자를 보면 나이와 정신연령이 비례하는 것 같지 않다. 그는 별 이유도 없이 당신을 놀리고 괴롭힌다. 당신의 말투를 최대한 우스꽝스럽게 따라 하고, 당신이 앉아 있으면 몰래 다가와 괜히 머리를 툭 치고 간다. 그뿐인가? 사람들 앞에서 당신이 과거에 한 실수를 들춰내 민망하게 만든 적도 한두 번이 아니다. 그런데 당신은 그 녀석을 좋아한다. 가끔 장난이 지나치다는 점을 빼면 꽤 매력적인 녀석이니까.

하지만 아무리 생각해봐도 그의 진심을 도무지 알 수 없다. 당신 주위 어른들은 "남자는 좋아하는 여자를 괜히 못 살게 군다"고 말하지만, 당사자인 내 입장에서 걔는 그냥 장난기가 다분한 녀석 그 이상도, 그 이하도 아닌 것 같다. 그 녀석의 진심이 궁금한 당신을 위해 지금부터 여자에게 장난 치는 남자의 속마음을 알려주겠다.

우선 나는 관심 있는 여자에게 절대 짓궂은 행동을 하지 않는다. 첫 번째 이유는 관심 있는 여자에게 가볍게 보이고 싶지 않아서고, 두 번째 이유는 내가 장난으로 한 말이나 행동이 상대의 기분을 상하게 할까 두렵기 때문이다.

반면에 꼭 관심 있는 여자에게 시비를 거는 남자들이 있다. 이들은 여자를 하루라도 놀리지 않으면 입안에 가시가 돋는 것처럼 관심 있는 여자를 꾸준히 놀리고 괴롭히고 못 살게 군다. 여자는 이런 남자의 행동을 호감 표현으로 받아 들여야 할까, 별 의미 없는 장난으로 받아들여야 할까?

결론부터 말하면, 남자의 장난은 장난일 뿐이다. 강조하기 위해 한 번 더 말해야겠다. 남자의 장난은 호감 표현이 아니라 그저 장난이다. 그러니 괜히 기대하지 말고, 멋대로 해석하지도 마라.

남자의 본성을 알면 이 말을 더 이해하기 쉽다. 남자는 자기가 편하게 생각하는 여자에게 장난을 친다. 상대에게 호감이 있든 없든 상관없이 말이다. 그래서 어떤 남자가 당신에게 장난을 친다면 우선은 '얘가 나를 좋아하나?'라고 생각하기보다 '얘가 날 편하게 느끼는구나'라고 생각해야 한다. 남자의 장난이 당신을 좋아해서 하는 행동이라고 섣불리 단정 지으면 그때부터 당신만 힘들어진다.

그럼 장난기 많은 남자의 진심은 어떻게 알 수 있냐고? 그들이 알려줄 거다. 남자는 절대 장난 하나로 여자에게 호감을 표현하지 않는다. 장난기 많은 남자가 당신을 좋아하는 게 맞다면, 그는 반드시 호감을 표현할 것이다.

어느 날은 괜히 당신을 걱정하는 듯한 말을 건네고, 어느 날은 먹을 걸 챙겨주기도 하며, 당신이 힘든 일을 겪어 울고 있을 때는 질질 짜지 말고 같이 밥이나 먹자고 할 거다. 이처럼 장난기 많은 남자도 여자를 좋아하는 모든 남자가 그렇듯, 호감을 표현하고 자기만의 방식으로 여자를 챙겨주려고 노력한다. 그러니 아무리 그의 호감 표현이 장난스러워도 절대 가볍게 넘기지 마라.

꼭 기억하자. 당신에게 장난친다는 사실 하나로 남자의 호감 여부를 판단할 수 없다. 장난은 장난일 뿐이니까. 그러나 남자가 그 장난을 이용해 자기 마음을 표현하는 것 같다면 그건 관심이 맞다. 이제부터 당신은 포장지 말고 그 안에 담긴 내용물에 집중해야 한다.

음식점의 친절한 주인아주머니가 "아이고, 아가씨 참 예쁘게도 생겼네! 이거 먹으면 피부 고와져서 더 예뻐지겠어"라며 건넨 백김치나, 욕쟁이 주인 할머니가 "야, 이X아! 할매가 허리도 다 꼬부라져서 움직이기도 힘든데, 뭔 김치를 더 달라고 지랄이야! 다음부턴 저기 항아리 열고 직접 갖다 처먹어!"라며 시크하게 건넨 백김치나 당신이 받은 게 백김치인 건 매한가지듯, 남자의 관심도 전달하는 방식이 다를 뿐, 당신이 받은 게 관심인 건 매한가지다.

그러니 맘에 드는 남자를 만나면 그가 사용하는 포장지에 관심을 두지 말고, 얼른 풀어 그 안에 뭐가 들었는지 살펴라. 그가 당신에게 진짜 주고 싶은 건 포장지가 아니라 내용물일 테니까.

#그말만큼은 #장난이 #아닐수도

요즘 남자의 속마음이 궁금한 그대에게

남자는
정말 자주 보는 여자와
사랑에 빠질까?

옳은 길인 줄 알고 갔는데 알고 보니 목적지와 반대 방향이라는 사실을 깨달았을 때의 허탈함은 사람을 깊은 좌절에 빠뜨린다. 남녀 관계도 예외는 아니어서 이런 일이 빈번히 일어난다. 대체 누구 머리에서 나온 생각인지 모르겠으나, 많은 여자들이 이렇게 믿고 있다.

'남자는 예측이 안 되는 여자에게 끌린대!'
'남자 앞에 너무 자주 나타나면 매력이 떨어져.'

생각은 행동과 말로 나타나는 법. 그녀들은 좋아하는 남자 앞에 자신을 자주 노출하는 것보다 가끔, 잘 꾸민 모습으로 나타나 임팩트를 주는 것이 남자를 안달 나게 만드는 방법이라고 철석같이 믿고 있다.

미안하지만 남자인 나는 이 대목에서 코웃음을 칠 수밖에 없다. 일주일에 한 번 동아리 모임이 있는데 어느 주는 참석하고, 어느 주는 안 하시겠다? 그렇게 불규칙하게 자신을 노출해서 남자의 궁금증을 유발하겠다?

이게 대체 무슨 짓인가! 당신이 그 모임에서 독보적으로 매력적이지 않은 이상, 남자는 당신이 안 왔다고 당신 생각 안한다. 당신은 집에서 흐뭇한 표정으로 '내가 왔나 안 왔나 두리번거리겠지?'라고 생각할지 모르지만, 현실에서 당신은 남자의 안중에도 없다고! 미안하지만 그는 지금 동아리에서 새로 결성된 간식팀의 다른 여자 후배와 MT 때 가져갈 간식을 의논 중이다.

당신은 그 남자가 당신이 안 왔다는 사실에 절망하고 하루를 우울한 기분으로 보낼 거라 믿고 싶겠지만, 현실은 그렇지 않다. 남자가 당신의 부재에 실망하고 좌절하게 만들려면 그와 미리 친분을 쌓아두었어야 했다.

모임에 꾸준히 참석해 그에게 당신의 존재를 인식시키고, 모임에서 그와 사적인 대화를 나누기도 하고, 그와 어떤 일이나 프로젝트를 같이 해본 뒤에 당신이 갑자기 모임에 빠진다면, 그는 당신한테 무슨 일이 생겼나 궁금해할 것이다. 더나아가 당신에게 마음이라도 있었다면, 그는 당신을 걱정하기 시작할 것이다.

그런데 당신은 아직 그와 말도 한 번 섞어본 적이 없으면서, 의도적인 불참을 유혹의 전략으로 사용하고 있다. 다시한 번 물어보겠다. 당신 진짜 그렇게 매력적인가? 그가 몇 번보지도 않은 당신의 불참에 신경쓸 정도로? 그게 아니라면담담하게 인정하라. 사람은 자주 보는 이성과 사랑에 빠질확률이 높다. 자주 본다는 말은 그만큼 친해질 기회가 많다는뜻이니까.

그래, 당신 친구들 사이에서 옷 잘 입는다고 소문난 거 안다. 근데 남자는 그걸 잘 모른다. 원래 사람은 동성의 옷차림에 민감하고 이성의 옷차림에 둔감하다. 나보다 옷을 못 입는 동성을 보면 속으로 '와… 뭐 옷을 저렇게 입냐?'고 비웃지만, 이성의 패션에는 압도적으로 못 입거나 너무 독특하지않으면 그다지 신경을 안 쓴다.

그 사실을 잘 모르는 당신은 자신의 남다른 패션 센스 때문에 본인이 다른 여자보다 남자 눈에 잘 들어올 거라 믿는 모양인데, 그런 거 없다고! 남자는 잘 모른다고! 그냥 자기한테 눈웃음 한 번 더 쳐주는 여자 앞에서 헬렐레한다고!

그러니 먼저 다가가 번호를 받아낼 용기가 없다면, 남자의 눈에 자주 띄기라도 하라.

세상엔 용기 있는 결단으로 단번에 성공하는 사람도 있지만, 시답잖은 일을 꾸준히 하던 사람이 어느 날 자연스레 찾아온 기회를 잡아 얼떨결에 성공하는 경우도 있으니까.

#자꾸 #왔다 #안왔다 #하면 #잘려요

남자는
언제 여자에게 관심을
접을까?

당신에게 호감을 표현하던 남자가 갑자기 마음을 닫고 떠난 적이 있는가? 그때 당신은 어떤 감정이 들었나? 안도감? 허전함? 미칠 것 같은 그리움? 당신이 그에게 전혀 마음이 없었다면 안도감이 들었을 테고, 그가 싫지도 좋지도 않았다면 허전함을 느꼈을 것이며, 당신도 그가 맘에 들었지만 괜히 관심 없는 척하다가 그를 놓쳤다면 갑자기 물밀 듯 밀려오는 그리움에 아무 일도 손에 잡히지 않았을 것이다.

이처럼 내게 적극적으로 관심을 표현하던 남자를 실수로

떠나보내는 일은, 여자들이 살면서 겪는 안타까운 일 중 하나다. 사람은 정말 변덕이 심하다. 어떤 이성이 자기에게 적극적으로 호감을 표현할 때는 밋밋한 태도와 수동적인 반응을 보이다가, 그 사람이 마음을 접고 떠나가면 갑자기 뭐에 홀린 듯이 그 사람에게 매달리니 말이다. 그래서 나는 이 글을 통해 당신이 괜찮은 남자를 당신의 실수로 떠나보내는 일을 미리 막아주려 한다.

그럼 남자가 여자를 포기하는 이유에는 어떤 것들이 있는지 알아보자. 첫 번째는 여자가 남자에게 돈을 쓰지 않을 때다. '돈이 있는 곳에 마음이 있다'는 말을 들어봤는가? 매번 자기가 식사를 대접하고, 디저트와 커피를 사고, 영화 티켓을 예매한다면 남자는 여자의 진심을 의심할 수밖에 없다.

그렇지 않은가? 여자가 돈 없는 학생이고 남자가 그걸 알고도 만난 케이스라면 모를까, 뻔히 수입이 있는 걸 아는데 매번 자기만 돈을 쓰고 여자는 그걸 당연하게 여기는 듯 보인다면 남자는 이 여자가 나를 돈줄로 생각해서 만나는 거라고 오해할 수밖에 없다. 당신이 그와 잘되고 싶다면 계산대 앞에서 쭈뼛대지 말고 당당히 먼저 계산하라.

당신이 내면 남자가 자존심이 상할 것 같다고? 세상에 무슨 이런 오지랖이 다 있는가? 좋아하는 사람이 나를 위해 돈을 쓰는데 자존심 상해할 남자가 세상에 어디 있겠는가? 그가 겉으로는 당신이 계산하는 걸 극구 말릴지 몰라도, 그의 마음속에선 분명 당신에 대한 호감이 쑥쑥 자랄 것이다.

이 말이 이해가 안 된다면 입장을 바꿔 생각해보라. 난 지금까지 여자가 돈을 너무 안 쓴다고 마음을 닫는 남자는 수없이 봤지만, 여자가 자기를 위해 돈을 쓰려 했다고 자존심이 상해서 마음을 접는 남자는 한 번도 본 적이 없다. 다시 한 번 강조하는데, 돈이 있는 곳에 마음이 있다. 마음이 가는 남자에겐 기꺼이 지갑을 열자.

남자가 여자를 포기하게 되는 두 번째 계기는 여자에게서 연락이 꾸준히 느리게 올 때다. 많은 여자들이 남자에게 너무 칼답을 하면 흥미가 떨어진다고 착각하는데, 헛소리 중에 헛소리다. 남자는 그 여자의 어떤 매력을 보고 좋아하지, 그 여자의 연애 스킬에 홀려 좋아하는 게 아니다. 오히려 자기는 이 여자가 너무 좋아 빨리 친해지려고 카톡을 보냈는데, 매번 답이 느리고 내용도 짧다면 그녀와 잘해보겠다는 의지 자체가 꺾인다. 당연한 이야기 아닌가? 대화가 대화처럼 이어져야 대화할 맛이 나지 않겠는가! 내가 한 번 말하면 30분 뒤에 상대가 말하고, 내가 거기에 바로 답하면 상대는 한 시간 뒤에 답하고… 이런 대화, 당신은 하고 싶은가?

당신이 바빠서 답을 늦게 했다고? 그런 이유라면 남자도 안다. 남자는 바보가 아니다. 당신이 바빠서 답이 늦는지, 일부러 늦게 하는지 다 알고 있다는 말이다. 전자는 이해해줄 수 있지만, 후자는 정이 떨어진다. 그러니 제발 뻔히 보이는 밀당은 그만둬라. 당신의 연락 밀당 때문에 그 남자와 대화다운 대화가 되지 않는다면, 남자의 관심이 식는 건 시간문제다.

남자가 여자를 포기하게 되는 마지막 계기는 여자 주위에 남자가 너무 많아 보일 때다. 나도 안다. 여자들이 관심 있는 남자 앞에서 괜히 다른 오빠 이야기를 하고, 다른 남자와 카톡 하는 모습을 보여주고, 다른 남자와 대화하면서 즐거운 척 연기하는 거. 어쩜 이렇게 잘 아냐고? 나도 해봤으니까. 그거 있어 보이려고 하는 행동 아닌가!

'나, 너 말고도 남자 많아.'
'나, 이렇게 괜찮은 남자들에게 둘러싸인 여자야.'

이런 이미지를 어필하려고 쇼를 하는 거지 뭐. 내가 해봐서 아니까 괜히 부정할 생각 말고, 그냥 내 말을 들어라.

앞으로 절대 그러지 마라. 있어 보이려고 하는 건데 실은 매우 없어 보이고, 남자의 마음을 떠나게 만들 뿐이다. 대체 관심 있는 남자에게 그런 이미지를 어필하는 이유가 뭔가? '이렇게 경쟁자가 많으니 내게 최선을 다해 대시하라!' 뭐 이런 경고의 메시지라도 주려는 건가? 이런 행동이 반복되면 남자는 여자를 인기 많은 여자가 아니라 가벼운 여자로 인식한다.

남자는 그런 여자와 진실한 사랑을 꿈꾸지 않는다. 여자라고 다른가? 좋아하는 남자가 매번 당신 앞에서 다른 여자랑 카톡을 하고, 다른 여자에게 눈웃음을 쳐대며, 여자들이 충분히 설렐 만한 매너를 보여주고, 당신이 내일 저녁에 뭐 하냐고 물으면 아는 여자 동생들이랑 술 약속 있다고 대답한다면, 당신은 그 남자를 믿고 사랑을 시작할 수 있겠나?

이성에게 인기 있는 사람은 굳이 본인이 그 사실을 어필하지 않아도 주변에서 자연스럽게 안다. 여자의 그런 숨길 수 없는 인기는 분명 남자에게 호감을 주지만, 자신이 많은 남자들과 친하다는 걸 일부러 어필하는 모습은 남자에게 실망

감만 안겨줄 뿐이다. 남자는 그 여자를 좋아하지, 그 여자가 인기가 많아서 좋아하는 것이 아니기에 그런 어필은 반드시 독이 된다.

남자는 모든 조건이 같다는 가정 아래, 주위에 아는 남자가 아무도 없는 여자와 아는 남자가 많은 여자 중 한 명을 고르라고 하면, 대부분 전자를 고른다. 그러니 당신은 아는 오빠가 없다고 창피해할 필요도, 평소에 대화하지도 않던 남자를 붙잡고 아무 말이나 던지며 즐겁게 대화하는 듯 연기할 필요도 없다.

남자가 마음을 접게 되는 세 가지 계기를 소개했다. 정답은 역지사지다. 내가 싫어하는 건 남들도 싫어한다는 말이다. 우리는 평소 역지사지를 마음에 새기고 남을 잘 대하며 살다가, 꼭 호감이 개입되면 이상한 행동을 한다. 그게 사랑이란 감정이 주는 일시적인 마비 현상이긴 하나, 얼른 정신 차리고 깨어나야 한다.

내가 이 글에서 전하고자 하는 핵심 메시지는 이것이다. '당신이 남자를 포기하는 계기가 바로 남자가 당신을 포기하는 계기다.'

그러니 남자에게 어떤 행동을 하기 전에 입장을 바꿔 생각해보자. 그래도 남자 앞에서 잘나 보이고 싶은 마음이 당신의 이성을 지배하려 들 테지만, 상대를 시험하고 싶은 충동을 과감히 물리치는 것이 당신에게 다가온 괜찮은 남자를 당신 곁에 머물게 만드는 최선의 방법임을 결코 잊어서는 안 될 것이다.

Chapter. 4

요즘 남자를　애태우고 싶은

그대에게

여자들은 본인들이 남자보다 복잡한 존재라고 믿는 것 같지만,

내가 느끼고 경험하고 들은 바, 남자와 다를 게 하나 없다.

여기서부터 모든 게 쉬워진다.

남자와 여자의 사고방식에 별 차이가 없다고 믿는 것이

남자의 마음을 얻는 기초이자 첫걸음이다.

요즘 남자는
관심을 이렇게
표현한다

#1

　　　　　　　　　　　　　'이 남자도 나에게 관심이 있
을까?'

　관심이 가는 남자가 생긴 여자라면 한 번쯤 이런 질문을
자신에게 던져봤을 것이다. 이런 물음의 답은 언제나 '알 수
없음'이다.

　당신이 그 남자에게 다가가 "나한테 관심 있죠?"라고 물어
보지 않는 이상, 그 남자가 당신에게 다가와 "나, 너 좋아하
냐?"라며 자아를 상실한 듯한 질문을 던지지 않는 이상 당신

은 결코 그 남자의 마음을 확신할 수 없다.

물론 남자가 여자에게 관심 있을 때 하는 행동에는 일정한 패턴이 있다. 그러나 호감 있는 남자를 대하는 여자의 태도가 제각각이듯이, 호감 있는 여자를 대하는 남자의 행동에도 개인차가 반드시 존재한다. 여자는 이 때문에 자주 착각이라는 상상력의 산물에 휘둘린다.

착각에 빠졌다가 어떤 계기로 현실로 돌아온 경험이 있는 여자라면, 착각이 마음에 얼마나 큰 혼란을 야기하는지 아주 잘 알 것이다. 남자가 자기에게 관심이 있다고 확신한 상태로 그의 행동을 이해하고 그의 말을 해석해온 여자가, 남자의 마음이 나 아닌 다른 여자를 향하고 있었다는 사실을 깨달았을 때의 허탈함은, 겪어보지 않은 사람은 결코 동감할 수 없는 민망함과 배신감이 혼합된 감정, 뭐 그런 거다.

그렇다면, 남자가 스스로 털어놓거나, 남자에게 직접 물어보기 전에는 결코 남자의 관심 여부를 알 수 없을까? 그렇지 않다. 아무리 치밀한 범죄 현장이라도 증거는 남기 마련이다. 마찬가지로 남자는 관심 있는 여자를 대할 때, 의도적이든 아니든 반드시 증거를 남긴다. 그 첫 번째 증거부터 살펴보자.

첫 번째 증거 : 남자가 단둘이 뭘 먹자고 제안한다.

몇몇 독자는 고개를 끄덕이고, 몇몇 독자는 분노하며 당장 이 책을 덮어버리려고 할 것이다. 왜 그럴까? 그건 바로 밥 먹자는 제안의 이중성 때문이다.

내가 제시한 첫 번째 증거에 고개를 끄덕이며 동감하는 독자는 과거에 남자가 단둘이 뭘 먹자는 제안을 했고, 그것이 시발점이 돼 둘의 관계가 발전한 경험이 있는 사람일 것이다.

반면 내가 제시한 첫 번째 증거에 분노하는 독자는 과거에 남자가 단둘이 뭘 먹자는 제안을 했고, 자신은 그 사건을 계기로 남자에게 호감을 갖기 시작했는데 남자가 이후에 아무 일도 없었다는 듯 다른 여자와 썸을 타는 상황을 지켜본 사람일 것이다.

이쯤 되면 누군가 어장관리에 대한 의견을 주장할 타이밍이다. "전자는 순수한 남자고, 후자는 어장관리남 아닌가요?" 그럴 가능성도 배제하지 않겠지만, 이 케이스에서는 그게 포인트가 아니다. 세상에는 두 부류의 남자가 있다.

1. 좋아하는 여자하고만 단둘이 식사하는 남자
2. 좋아하지 않는 여자와도 단둘이 식사할 수 있는 남자

과거에 당신을 분노하게 만든 남자는 후자일 가능성이 크다. 그는 당신을 일부러 자기 어장에 욱여넣으려고 한 것이 아니라, 아무 생각 없이 당신과 밥 한 끼 먹은 것이다. 이성의 감정은 전혀 없이 사람 대 사람으로서 말이다.

당신도 한번 곰곰이 생각해보라. 나는 당신이 어떤 성격의 소유자인지 잘 모르지만, 친구같이 편한 남자와 밥 한 끼 먹는 것이 당신에겐 그토록 어려운 일인가? 몇 주 전부터 그날을 준비하고, 충분히 심호흡을 한 뒤에야 할 수 있는 일이냐는 말이다.

현실이 이렇다면 나는 왜 밥 먹자는 남자의 제안이 분명한 관심의 증거라고 말했을까? 어떠한 조건만 만족되면 엄연한 사실이기 때문이다. 남자는 다음에 언급된 여자에게만 밥을 산다.

1. 가족(어머니, 여동생, 누나, 할머니)
2. 친구(혹은 친구처럼 편한 여자)

3. 고마운 사람(혹은 앞으로 신세 질 일이 있는 사람)

4. 여자친구(혹은 아내)

5. 관심 있는 여자

그러기에 남자가 밥 먹자고 한 제안이 당신을 향한 사적인 관심으로 확인되려면 전제조건이 붙는다.

전제 : 당신은 1~4번에 해당하지 않는 여자다.

이 전제조건이 만족되면 그 남자의 밥 먹자는 제안은 "널 좋아해!" 급의 확실한 관심의 표시다. 당신도 그가 마음에 들면 얼른 가서 잡으면 된다. 너무 쉬워서 또 말해야 하나 싶지만, 결론은 내야 하니 마지막으로 다시 정리해보겠다.

당신이 그와 편한 친구 사이가 아니고, 과거에 그에게 도움을 준 일이 없고, 그의 삶에 앞으로 큰 도움이 될 일도 없으며, 그의 아내나 여자친구도 아닌데, 남자가 당신에게 밥을 먹자고 제안했다?

그러면 같이 식사한 뒤에 당신이 계산하는 결정타를 날려서 남자를 확실히 당기든지, 맛있는 음식 잘 대접받고 집에와 다음에는 당신이 대접하고 싶다는 카톡을 보내든지, 싫은 티를 제대로 내며 끝까지 마음만 받겠다고 남자의 제의를 완강히 거절하든지, 아니면 평소에 먹고 싶었던 음식을 실컷 먹고 탭댄스를 추며 집으로 돌아오든지…

당신 마음대로 해라, 늘 그랬듯이.

요즘 남자는
관심을 이렇게
표현한다

#2

　　　　사랑이 끝나면 또 다른 사랑
이 시작된다. 아무리 힘들고 가슴이 찢어질 듯 아파도, 언제
그랬냐는 듯 사랑은 다시 찾아온다. 그 말은 삶에 이 고민이
다시 찾아온다는 말이다.

'이 남자는 나에게 관심이 있을까?'
'이 남자의 행동은 무슨 의미일까?'

이번 글에서는 남자가 여자에게 관심 있을 때 하는 행동,
그중에도 남자가 본능적으로 하는 행동에 대해 알아보자. 미

요즘 남자를 애태우고 싶은 그대에게

197

리 말하는데, 이는 비단 남자에게만 해당되는 행동이 아니다. 남녀 구분 없이 인간이라면 관심 있는 이성에게 본능적으로 이 행동을 하게 되어 있다. 그 본능적인 행동은 바로 '터치'다.

우리는 왜 호감이 있는 상대를 터치할까? 물론 그 행동의 바탕에는 다양한 이유가 있겠지만, 가장 원초적인 이유는 상대의 신체에 내 손을 대어 내 안에 요동치는 설렘의 감정을 분출하고 상대와 친밀감을 극대화하기 위해서다.

호감 가는 여자를 자연스럽게 터치하는 건 소심한 남자보다 연애를 좀 해본 능숙한 남자인 경우가 많다. 능숙한 남자는 자신의 터치가 상대에게 부담을 주지 않을 거라는 강한 확신이 있기 때문이다.

터치가 상대에게 주는 임팩트는 상당하다. 우리는 평소 괜찮다고 생각한 이성이 본인을 터치하는 순간, 그에 대한 호감이 급격히 상승하는 것을 느낀다. 사랑하는 사람 없이 외롭게 지내는 시기에 관심 있는 이성의 터치를 경험하는 건 짜릿하고 설레는 일이기 때문이다.

더욱이 상대가 나를 터치했다고 나를 좋아한다 확신할 수 없기에, 뻔히 보이는 것보다 알 듯 말 듯 미묘한 것에 끌리는 우리 인간은 그때부터 흥미가 생겨 한층 상기된 기분으로 살아간다.

그러나 결코 오해해선 안 된다. 여기서 내가 말하는 터치는 진하고 수위가 높은 터치가 절대 아니다. 처음부터 그런 터치를 반길 사람은 아무도 없다. 머릿속이 섹슈얼한 생각으로 가득 찬 사람은 그럴 수도 있겠지만, 대부분은 상대가 그런 접촉을 해오면 상대에 대한 호감이 급락하는 것을 느낀다.

그래서 연애 고수나 자기 마음에 드는 이성을 곧잘 유혹하는 사람들을 보면, 마음에 드는 이성의 아래팔을 터치한다. 아래팔은 낯선 사람이 건드려도 기분이 나쁘지 않은 신체 부위 중 하나다. 배나 팔뚝처럼 요즘 관리하지 않아 잔뜩 늘어난 살을 들킬 만한 곳도 아니고, 머리나 얼굴처럼 의도적으로 끼를 부리려고 만진다는 생각이 들게 하는 신체 부위도 아니며, 허벅지나 엉덩이처럼 성추행을 당했다고 여겨질 만큼 민감한 부위도 아니기 때문이다.

그런 이유로, 연애 고수나 연애를 잘하는 사람은 대화 도중, 관심 있는 이성의 아래팔을 살포시 터치한다. 여기서 그 남자를 주목하라. 그는 절대 당신의 아래팔에 손을 오래 두지 않고, 그곳을 주물럭대지도 않을 것이다. 그리고 그는 자기 손을 당신 아래팔에 댄 것이 별일 아니라는 듯 자연스럽게 대화를 이어갈 것이다.

하지만 절대 그 능숙함에 속아 남자의 행동이 관심이 아닐 거라 단정 짓지 마라. 능숙함과 상관없이 그는 당신을 맘에 두고 있는 게 맞다. 남자는 마음에 들지 않는 여자의 신체에 괜히 손대지 않는다.

물론 당신을 위로하기 위해 등을 토닥거렸다거나, 당신에게 너무 놀라운 이야기를 들어 자기도 모르게 아래팔을 터치했을 수도 있다. 그러나 당신이 남자의 이런 터치를 두세 번 이상 경험했다면 그건 남자의 호감 표현이라고 보는 게 맞다.

남자가 여자에게 관심 있을 때 하는 행동은 여러 가지가 있지만, 이만큼 확실한 건 없다. 평소에 호감이 있던 남자가 당신을 세 번 이상 터치했다면, 당장 이 책을 덮고 그에게 「뭐 해요?」라고 카톡을 보내라.

괜찮은 남자가 마냥 당신을 기다려줄 거라고 생각하지 마라. 당신 눈에 괜찮은 남자는 다른 여자 눈에도 괜찮은 남자니까.

"남자는 좋아하는 여자가 생기면 반드시 마음을 고백한다고 들었는데, 그때까지 기다려보는 게 낫지 않을까요?"
이런 전래동화 같은 이야기는 이제 그만하고, 당신 눈앞에 있는 기회를 보란 듯이 낚아채라.

만약 당신이 지금 어떤 남자와 서로 호감을 느끼는 상황이라면, 오늘 배운 자연스러운 터치 방법을 그대로 응용하면 된다.

그에게 다가가 말을 걸고, 대화 도중 그의 눈을 바라보며 간간이 눈웃음치다가 그가 농담을 하면 까르르 웃어주고, 적당한 타이밍에 그의 아래팔에 손을 살짝 댔다가 2초 후 자연스럽게 내리는 것. 그리고 이 모든 과정이 진행되는 동안 그의 얼굴을 바라보고, 말하기를 멈추지 않는 것.

해냈나?
잘했다!

요즘 남자를 애태우고 싶은 그대에게

그는 이제 당신의 남자다.

#Touch #His #Arm

요즘 남자를 애태우고 싶은 그대에게

요즘 남자는
관심을 이렇게
표현한다

#3

여자들이 잘 모르고 지나치는 남자의 분명한 관심 표현이 있다. 바로 귓속말이다. 우리는 왜 귓속말을 할까? 누군가에게 어떤 비밀을 말해야 한다면, 둘만 있는 공간으로 상대를 데려가는 게 맞다. 그런데 굳이 여러 사람 앞에서 귓속말을 하는 이유는 둘 중 하나다. 상대와 더 친밀해지려는 제스처, 혹은 상대에게 귓속말하는 모습을 제삼자에게 의도적으로 보여주려는 제스처.

남자가 당신의 귀에 자꾸 뭔가를 속삭인다는 건 그가 당신과 더 친해지고 싶거나, 제삼자에게 주목받기 위해 당신을 이용하는 거라고 보면 된다. 이 남자가 내게 호감이 있어서 이러는지, 다른 사람과 관계를 위해 나를 이용하는지 확실히 알고 싶다면, 그 남자가 당신에게 귓속말을 할 때 누구를 주목하는지 보라.

예를 들어 교수님이 강의 도중 학생들이 자주 쓰는 신조어를 사용해 모두 박장대소할 때, 그가 갑자기 당신 쪽으로 고개를 들이밀고 "교수님 요즘 신조어 공부하시는 거 같지 않아요?"라고 속삭이며 얼굴에 미소를 띤다면, 그건 당신에게 관심 있어서 한 행동일 가능성이 높다. 그 귓속말이 오로지 당신을 위한 것이기 때문이다.

반면에 그가 다른 여자에게 시선을 고정한 채 당신 옆으로 와서 "야, 혜영이 오늘 아이라인 완전 이상하게 그린 거 맞지?"라는 말을 남기고 혜영이란 여자를 쳐다보며 일부러 더 킥킥대는 것 같다면? 그 남자가 혜영이란 여자의 관심을 끌기 위해 당신을 이용하는 거라고 생각하면 된다.

위에 설명한 두 가지 케이스, 혹은 절대 정숙을 유지해야 하는 교회 예배 시간이나 학회의 세미나 도중 상대에게 꼭 전달해야 할 말을 귀에 조용히 전달하는 상황을 제외하면 남자는 여자에게 귓속말을 하지 않는다.

귓속말을 하는 것이 '다른 사람 말고 너에게만 이 이야기를 해주고 싶어'라는 뜻을 내포하고 있다는 걸 남자도 너무 잘 알기 때문이다. 남자가 관심 없는 여자에게 굳이 왜 그러겠는가? 한 번은 우연으로 그럴 수 있다고 해도, 귓속말이 반복된다면 십중팔구 남자가 당신의 관심을 받기 위해 애쓰고 있다고 보는 게 맞다.

여기서 당신이 그와 잘되고 싶다면 당신도 시답잖은 이유로 그에게 귓속말을 건네고, 그를 밀어내고 싶다면 그의 귓속말에 무반응으로 일관하면 된다. 둘이 뭔가 속삭인다는 건, 언제든 썸으로 발전할 수 있는 사이가 됐음을 의미한다. 그래서 이 시기에 여자의 반응이 남자가 관심을 더 표현할지, 말지 판단하게 만드는 기준이 된다.

남자가 관심 있는 여자에게 귓속말을 하는 건, 상당히 큰 용기라고 봐야 한다. 보통 남자들은 호감 있는 이성에게 말도 잘 못 건다. 그런데 그가 그 두려움을 이겨내고 계속 당신에게 귓속말을 시도하고 있다면, 당신을 향한 그의 관심이 정말 크거나, 그가 여자를 전혀 어려워하지 않는 '선수'거나 둘 중 하나다.

둘 중 무엇이 됐든 그가 당신에게 관심이 있는 건 확실하니, 어떻게 대응할지는 당신이 선택하라. 단, 어떤 대응을 하기 전에 한 가지만 확실히 알고 가자. 배고프다고 아무거나 집어 먹다 배탈이 나는 경우가 있듯이, 외롭다고 아무나 만나면 당신 인생에 탈이 난다.

게다가 연애는 누군가를 내 인생 중심에 들이는 매우 중요한 일이기 때문에, 그 무엇보다 신중하게 결정해야 한다. 관심을 보인다고 모든 관심에 반응하지 마라. 우린 그중 질이 좋지 않은 관심을 과감히 걸러낼 줄 알아야 한다.

사람들은 순서를 바꿔서 생각하는 경향이 있지만, 남자가 당신에게 관심이 있는지 확인하는 것보다 남자가 괜찮은 사람인지 점검하는 게 우선이다.

그저 젊다는 이유로 아무나 만나기엔 당신의 시간은 여전히 소중하고 아까우니까.

남자들이 끼 많은
여자에게 속수무책으로
홀리는 이유

대개 여자들은 끼 많은 여자를 싫어한다. 여자 앞에서 하는 행동과 남자 앞에서 하는 행동이 180도 다르기 때문이다.

여자들만 있는 술자리에서는 쉴 새 없이 안주를 집어 먹고 안주가 떨어지기 무섭게 다른 음식을 주문하면서, 남자가 낀 술자리에선 애꿎은 타코와사비만 한 조각씩 깨작거린다. 그리고 누가 좀 봐달라는 듯이 큰 동작으로 머리를 쓸어 넘기며 사케 한 잔을 입에 털어 넣고는 남자들의 이목이 집중되도록 한쪽 팔을 귀엽게 하늘로 살짝 뻗으며 "아~ 오늘 좋은 사람들하고 있으니까 너무 행복해!"라는 낯간지러운 대사를 내뱉는다. 당신은 그런 그녀의 뒤통수를 후려치고 싶겠지만, 그 자리에 있는 남자들의 입은 헤벌쭉 벌어져 있다.

그렇다. 대부분의 남자들은 끼 많은 여자를 좋아한다. 더 디테일하게 말하면 그런 여자한테 홀려서 헤어 나오지 못한다. 끼 많은 여자들은 도대체 어떻게 남자를 자기에게 푹 빠지게 만드는 걸까?

나는 끼 많은 여자의 모든 면을 좋아하는 건 아니지만, 그녀들의 용기만큼은 높이 평가한다. 여자들이 흔히 착각하는 게 하나 있는데, 남자를 속수무책으로 홀리는 여자는 '예쁘고 도도한 여자'라는 생각이다. 미안하지만 틀렸다. 남자를 매달리게 만드는 것은 '예쁘고 도도한 여자'가 아니라, '예쁘고 적극적인 여자'다.

동의할 수 없는가? 그럼 당신은 남자를 전혀 모른다고 해도 과언이 아니다. 예쁘고 도도한 여자도 물론 인기가 있지만 딱 거기까지다. 예쁘고 도도하면 남자들이 넋 놓고 바라보기만 하는 경우가 대부분이기 때문이다.

반대로 생각해보자. 당신은 잘생기고 도도한 남자에게 무턱대고 다가가 호감을 표현할 수 있는가? 남자도 그러기 힘들다. 여자가 너무 차가워 보여서 다가가 말도 못 붙이겠는데, 홀리고 말 게 뭐가 있는가! 이런 여자는 남자들의 시선을 듬뿍 받지만, 실제로 남자가 이런 여자에게 완전히 빠져버리는 경우는 흔치 않다.

오히려 남자를 홀려 자기한테 모든 걸 바치게 만드는 여자는 예쁘고 적극적인 여자다. 나도 살면서 이런 여자를 두 명 겪어봤는데, 그녀들에게 속수무책으로 홀렸음은 물론이고 그녀들이 걸어놓은 마법에서 빠져나오느라 진을 다 뺀 기억이 있다. 예리하고 냉철한 남자라고 자부하던 나조차, 유혹을 당하는 것 말고는 할 수 있는 일이 하나도 없었다. 대체 끼 많은 여자들이 어떤 마법을 부리기에 남자들이 이토록 대책 없이 끌려가는 걸까?

나는 '잘 관리된 외모'를 그녀들이 부리는 마법의 첫 번째 재료로 꼽는다. 남자는 시각적인 동물이다. 겪어보니 여자도 그렇다. 예쁘고 잘생긴 사람들이 그렇지 못한 사람들과 이 사회에서 다른 대접을 받는다는 점이, 그 사실을 여실히 증명한다. 이렇게 말하면 너무 세속적으로 들릴지 모르지만,

그렇다고 거짓말을 하고 싶지는 않다. 남자를 홀리는 여자들이 기본으로 갖춘 조건은 단연코 잘 관리된 외모다. 예쁜 얼굴에 멋진 몸까지 갖췄다면 더 강력해지지만, 둘 중 하나로도 충분하다. 나는 살면서 끼 많은 여자에게 홀려 정신 못 차리는 남자를 수없이 봐왔는데, 그들을 홀린 여자 중 외모 관리를 아예 포기한 여자는 단 한 명도 본 적이 없다.

하지만 잘 관리된 외모 하나로 남자를 홀리기는 쉽지 않다. 세상엔 외모가 뛰어난 여자가 너무나 많기 때문이다. 앞서 말했듯이 남자는 그런 여자를 동경하지만, 가만있는 그녀에게 갑자기 유혹을 당하진 않는다.

끼 많은 여자들이 마법을 부리기 위해 두 번째로 사용하는 재료는 바로 '대범함'이다. 여자들이 크게 오해하는 것 중 하나가, 적극적으로 다가가면 남자의 흥미가 금방 떨어질 거라 생각하는 점이다. 그 말을 처음에 누가 퍼뜨렸는지 몰라도 희대의 거짓말이다. 순진하게 그 말을 믿고 관심 있는 남자 앞에서 도도하게 가만히 있던 여자는 그렇게 도도하게 가만히 있다 끝났다.

호감 있는 이성의 이목을 끄는 데 꼭 필요한 행동은, 내가 상대에게 관심 있음을 알리는 것이다. 끼 많은 여자는 바로 이걸 아주 대범하게 해낸다. 여기서 중요한 건 '대범하게'다. 몰래 쪽지를 두고 가거나 제삼자를 통해 호감을 표현하는 건 결코 대범한 행동이 아니며, 이런 행동이 남자에게 주는 임팩트는 대범한 표현에 비해 미미하다.

끼 많은 여자의 대범한 표현이란 이런 것이다. 예를 들어 남자가 스페인 축구 클럽 레알 마드리드의 팬이라고 하자. 끼 많은 여자는 그 정보를 입수한 뒤, 레알 마드리드에 대해 열심히 알아본다. 그리고 다음에 그를 만나면 우연을 가장해 축구 이야기를 꺼내고, 좋아하는 분야의 이야기가 나와 신난 그가 자기는 레알 마드리드 팬이라는 말을 함과 동시에, 눈을 동그랗게 뜨고 놀란 표정으로 자기도 다른 팀보다 레알 마드리드가 이유 없이 좋았다고 말한다. 그리고 정신없이 레알 마드리드 칭찬을 늘어놓는 그에게, 아주 적당한 순간에 이야기가 잘 통하는 게 너무 신기하다는 의미로 하이파이브를 권하는 것이다. 장담컨대 여기서 남자는 그녀에게 마음이 반은 넘어왔다.

그러나 여기서 끝나면 남자를 완벽히 홀릴 수 없다. 끼 많은 여자는 다음에 남자를 다시 만날 때, 더욱 대범한 행동을 한다. 예를 들어 남자와 인사를 나누고 일상적인 대화를 주고받다가 갑자기 이런 말을 하는 것이다.

"저, 어제 친구 만났는데 계속 오빠 이야기만 했어요."
"제 이야기요? 어떤…?"
"아~ 오빠 좋다고. 되게 멋있는 사람이라고."

이토록 낯간지러운 말이 통할까 싶은가? 내가 오글거리는 로맨스 소설의 한 대목을 인용한 것 같은가? 아니다. 이건 내가 한 여자에게 직접 들은 말이고, 이 말을 듣고 난 그녀에게 완벽히 유혹 당했다. 바로 이게 끼 많은 여자가 갖춘 대범함이다. 물론 그녀가 매력적이기도 했지만, 그녀가 도도하게 가만있었다면 내가 그녀에게 흠뻑 빠지는 일은 결코 없었을 것이다. 예측할 수 없는 그녀의 대범한 멘트와 행동이 나를 놀라게 했고, 놀람은 곧 설렘으로 바뀌었다.

바로 이게 남자가 끼 많은 여자에게 속수무책으로 홀리는 이유다. 이 타이밍에서 끼 많은 여자가 갑자기 관심을 거두면 남자는 안달이 난다. 정도가 심해지면 여자의 마음을 다시 얻기 위해 일과 삶을 모두 팽개치기도 한다. 이는 남자에게 좋은 일은 아니지만, 우린 여기서 끼 많은 여자가 부린 마법의 위력이 매우 강력하다는 점을 알 수 있다.

솔직히 말하면 난 끼 많은 여자를 별로 좋아하지 않는다. 너무 치명적이라서? 너무 대범해서? 아니다. 그건 매력 포인트지 단점이 될 수 없다. 내가 끼 많은 여자를 별로 좋아하지 않는 이유는 그녀들의 마음이 가볍기 때문이다. 그녀들은 자신의 대범함을 마음에 드는 한 남자가 아니라 여러 남자에게 동시다발적으로 보여준다. 끼 많은 여자의 바로 이러한 특성 때문에 여러 남자가 상처를 받고, 한동안 여자라는 존재를 믿지 못하기도 한다.

그러기에 나는 당신에게 끼 많은 여자가 되라고 종용하고 싶은 마음은 없다. 그러나 그녀들이 남자를 홀리는 데 사용하는 이 '사랑의 묘약'의 레시피만큼은 당신도 알았으면 한다. 올바르게 활용한다면 그 묘약은 당신이 원하는 남자를 당신 앞으로 데려다 놓을 거니까.

이제 내가 당신에게 넘겨줄 테니, 부디 조심히 가져가 예쁜 사랑을 만들어내기 바란다.

남자의 관심 표현을
자꾸 의심하면
안 되는 이유

난 솔직히 그렇다. 어떤 남자가 나를 좋아한다고 믿었는데 그게 아니었다는 사실을 깨닫게 된 여자의 상황도 안타깝지만, 자기에게 마음이 있어 계속 관심을 표현한 순수하고 솔직한 남자를, 주야장천 의심만 하다가 지쳐 떠나게 만드는 여자의 상황이 훨씬 더 안타깝다.

뭐 이해는 한다. 원래 어떤 남자가 내 친구를 좋아하는 건 또렷이 보여도, 그게 내 상황이 되면 쉽게 확신이 들지 않는 법이니까. 연애를 곧잘 하는 사람과 연애가 도무지 안 되는 사람의 차이는 바로 이 타이밍에 어떤 선택을 하는가에 있다.

당신이 다니는 강남의 토익 학원 스터디 모임에서 얼굴만 알고 있던 남자가 어느 날 당신에게 개인톡을 보냈다고 하자.

「저… 혹시 해커스 모의고사 문제집 쓰시나요? 제가 답안지를 잃어버렸는데, 괜찮으시면 내일 스터디 끝나고 답안지 좀 빌려주실 수 있을까요?」

당신은 이것을 남자의 관심 표현이라고 생각하는가? 무언가를 부탁한 것이기 때문에 섣불리 관심 표현이라고 생각해서는 안 된다고? 음… 자꾸 이러면 당신은 앞으로도 연애를 시작하기 어려울 것이다. 물론 당신의 주장에도 일리가 있다. 표면적으로 그 남자는 당신에게 사적인 질문을 한 게 아니라 답안지를 빌려달라는 부탁을 한 것이니까.

근데 왜 하필 당신인가? 스터디 멤버 중 해커스 모의고사 문제집을 사용하는 사람이 당신뿐인가? 또, 강남의 유명한 토익 학원에서 해커스 모의고사 답안지를 구하기가 그렇게 어려운 일인가? 이처럼 연애를 좀처럼 시작하지 못하는 여자는 남자의 관심 표현을 대뜸 의심부터 한다.

하지만 입장을 바꿔 생각해보면 의외로 답이 쉽게 나온

다. 당신이 토익 스터디 모임에서 마음에 드는 남자를 발견했다면, 어떻게 다가갈 계획인가? 스터디 모임이 끝나고 그에게 무작정 다가가서 "저랑 저녁 드실래요?"라고 말할 텐가, 아니면 그가 늘 앉는 책상에 당신의 이름이 적힌 손편지라도 놓아둘 건가?

그렇게는 못하겠지? 거봐라. 아마 당신도 그 남자처럼 단톡방에서 남자의 카톡 계정을 찾아 친구 추가를 하고, 어떻게든 구실을 만들어 그에게 개인톡을 보냈을 것이다. 그 남자도 마찬가지다. 답안지를 다른 사람에게 충분히 빌릴 수 있었음에도 당신에게 부탁한 이유는 나중에 답안지를 돌려주면서 따뜻한 커피를 함께 건네려고 한 것이다! 그렇게 호의를 주고받으며 관계를 발전시켜 나가려 한 거지.

연애를 잘하는 여자는 이런 상황에서 자기도 남자가 마음에 들면 답안지를 빌려주는 걸 계기로 그와 친해지려고 노력한다. 어느 날 갑자기 그에게 「재호 씨~ 어제 모의고사 몇점 받았어요? ㅎㅎㅎ」 이런 카톡을 보내는 식이다. 관심 있는 여자에게서 이런 카톡을 받으면, 남자는 자리를 박차고 일어나 트월킹을 추지 않고는 못 배긴다. 그리고 그녀를 기쁘게해주기 위해 자신이 뭘 할 수 있을까 고민하겠지.

오해는 마라. 나는 지금 남자의 모든 호의를 호감으로 해석해야 한다는 어리석은 말을 하는 게 아니다. 단지 남자가 호감 없이는 결코 하지 않았을 말을, 억지로 호의라고 치부하지 말라는 거다.

한 예로, 어느 날 별로 친하지 않은 대학 선배로부터 카톡이 왔다. 당신이 「오빠 웬일이에요?」라고 물었는데, 그가 「너 보고 싶어서 연락했지~」라고 답한다면 이건 관심이다. 장난친 거? 아니다. 짓궂은 거? 아니다. 그가 당신하고 원래부터 허물없이 저런 장난을 치던 사람이 아니라면 저 말은 진심일 가능성이 매우 높다. 그 선배가 뭐 하러 당신에게 '보고 싶다'는 말을 하겠는가? 괜히 주위에 이상한 소문이라도 나면 어쩌려고! 정말 보고 싶으니까, 그런 리스크를 감수하고 보고 싶다고 말한 거다.

다른 예도 있다. 어느 날 당신이 교회 청년부의 아는 동생과 소그룹 모임을 마치고 단둘이 카페에 가게 됐다. 거기서 그 동생이 갑자기 진지한 표정으로 "난 누나같이 쌍꺼풀이 진한 여자가 좋아!"라고 한다면, 그가 뜬금없이 자기 이상형을 알려온 게 아니라 당신이 좋다는 말을 돌려서 한 거다.

뭘 자꾸 의심하는가? 저들은 당신에게 충분히 다른 말을 할 수 있었지만, 콕 집어서 저 말을 했다. 왜 그랬을까? 뻔하지 않나! 당신이 좋으니까. 좋으니까 좋다고 말한 거다.

아무리 친해도, 아니 친해서 더더욱 저런 말은 함부로 못한다. 애초에 그와 당신이 저런 말을 장난으로 주고받는 사이였다면, 당신은 그의 말을 오해하지도 않았을 것이다. 그러나 그 남자와 당신이 마냥 편한 사이가 아닌데, 그가 저런 헷갈리는 말을 했다?

믿음이 부족한 자여, 의심하지 말지어다! 그 남자는 있는 용기, 없는 용기 다 그러모아 당신에게 관심을 표현한 거다. 남자의 관심 표현에 다른 뜻이 있을 거라 의심하지 마라. 들리는 그대로 듣고, 들리는 그대로 받아들여라.

아직까지 이 세상엔 사랑을 사랑이라 말할 줄 아는 솔직한 남자가 더 많으니까.

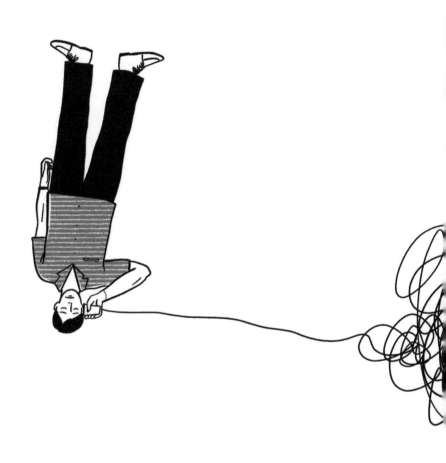

남자의 관심 표현을

의심하지 마라.

들리는 그대로 듣고,

들리는 그대로 받아들여라.

당신이 좋으니까,

좋으니까 좋다고 말한 거다.

남자가 나에게
호감을 갖게 만드는
원리

#1

다수의 여자들이 착각하는 사실이 있다. 남자를 유혹하는 기술을 많이 알면 알수록 연애를 시작하기 쉬워진다고 믿는 것이다. 그래서 그녀들은 온라인에 근거 없이 떠도는 남자를 유혹하는 방법, 다른 말로 '유혹 스킬'을 신뢰한다.

몇 가지 예를 들어보자. 좋아하는 남자에게 물건을 빌리거나 빌려줄 때 자기 향수를 살짝 묻혀 남자가 그 물건을 사용할 때마다 자연스럽게 자신을 떠올리게 만드는 방법이라든지, 일부러 목선이나 팔목 안쪽을 노출해 남자에게 없는 여성성을 어필한다든지 뭐 이런 것들이다.

자, 나는 지금 이런 스킬이 효과가 전혀 없다고 말하는 게 아니다. 목석처럼 가만히 서 있기보다 용기를 내서 이런 스킬을 시도해보는 게 백번 낫다. 하지만 나는 그보다 훨씬 중요한 이야기를 하고자 한다. 바로 '원리'에 대한 이야기다. 이 원리는 남자에게 호감을 얻는 방법의 핵심이자, 가장 기본이 되는 부분이다.

원리를 아는 사람과 모르는 사람의 차이는 실로 어마어마하다. 피아노 연주를 예로 들어보자. 피아노를 잘 치는 사람치고 기본기가 탄탄하지 않은 사람은 없다. 물론 피아노를 전혀 못 치는 나에게 누가 어떤 곡을 연주하는 방법을 알려주고, 그가 알려준 대로 열심히 연습하면 나도 그 곡은 원래 피아노를 잘 치는 사람처럼 얼추 연주할 수 있을 것이다. 하지만 곡이 조금이라도 변형되거나 아예 새로운 곡을 쳐보라고 하면, 난 그대로 얼어붙을 것이다. 곡이 쓰이는 원리, 피아노 연주의 원리를 전혀 모르기 때문이다.

이와 같이 이른바 '픽업아티스트' 혹은 연애 전문가라는 사람에게 남자를 유혹하는 스킬을 배운 여자도, 남자가 조금이라도 자기 생각대로 움직여주지 않거나 상황이 자기 뜻대로 흘러가지 않으면 당황하여 행동이 매우 부자연스러워진다. 그래서 남자를 유혹하려 한 행동이 오히려 둘의 사이를 더 멀어지게 만드는 최악의 결과를 초래하기도 한다.

기술은 원리를 터득한 사람이 적재적소에 사용할 때 효과가 있다. 축구의 기본기인 퍼스트 터치도 익히지 못한 사람이, 유명 축구선수의 드리블을 흉내 낼 줄 안다고 프로 축구 경기에 출전한다면, 간결한 드리블을 보여주기는커녕 공 한 번 제대로 잡아보지도 못하고 동료 선수들에게 욕만 먹다 교체될 것이다.

이처럼 남자의 마음이 작동하는 원리도 잘 모르는 여자가, 온라인에 떠도는 유혹 스킬을 똑같이 따라 한다고 남자의 마음을 얻을 수 있는 게 결코 아니라는 말이다. 당신은 마음에 드는 남자에게 다가갈 때 무조건 기본에 충실해야 한다. 남자는 단순하다. 남자만 단순한가? 여자도 단순하다.

여자들은 본인들이 남자보다 복잡한 존재라고 믿는 것 같지만, 내가 느끼고 경험하고 들은 바, 남자와 다를 게 하나 없다. 여기서부터 모든 게 쉬워진다. 남자와 여자의 사고방식에 별 차이가 없다고 믿는 것이 남자의 마음을 얻는 기초이자 첫 걸음이다.

이제 남자의 물건에 자기 향수를 의도적으로 묻히고, 청순과 섹시를 왔다 갔다 하는 스타일링으로 남자에게 상반된 두 가지 이미지를 어필하는 것보다, 훨씬 빠르고 안전하게 남자의 마음을 얻을 수 있는 원리를 소개하겠다.

이건 누구에게는 통하고 누구에게는 통하지 않는 잔기술이 아니다. 당신에게 조금이라도 관심이 있는 남자라면, 일상생활을 하는 와중에 당신을 계속 떠올릴 수밖에 없게 만드는 마법 같은 원리다. 몇몇 사람이 알지만, 누구도 이름 붙인 적 없는 바로 그 원리.

나는 그 원리에 '호감 더블링favor doubling'이라는 이름을 붙였다. 그리고 기왕 이름을 붙인 김에 하나하나, 차근차근 설명해보겠다.

남자가 나에게
호감을 갖게 만드는
원리

#2

지금부터 소개하는 '호감 더블링'은 당신이 좋아하는 그 남자가 당신을 적어도 이성으로 느끼고 있어야 효과가 나타난다는 점을 분명히 해둔다. 당신이 애초에 좋은 첫인상을 못 남겨놓고 지금 와서 나보고 남자의 마음을 바꿔달라고 하면 그건 내 능력 밖의 일이다. 차라리 그 남자는 깔끔하게 포기하고 새로운 남자의 마음을 얻는 게 더 빠를 것이다.

지금부터는 당신이 과거에 남자를 유혹하는 방법이라고 배운 모든 잔기술은 머릿속에서 지우고, 내가 소개하는 호감 더블링에만 집중해보자.

앞에서 언급했듯이 호감 더블링은 스킬이 아니라, 사람의 본성을 터치하는 작업이다. 어떤 고양이는 아주 순하고, 어떤 고양이는 매우 공격적이지만, 모든 고양이가 볼일을 보고 자신의 대소변을 모래 속에 묻는다. 마찬가지로 사람의 성격은 다양하지만, 사람의 그 본성만큼은 결코 변하지 않는다. 그래서 우리는 호감 더블링을 통해 종전의 유혹 스킬로는 결코 닿을 수 없었던 인간의 본성에 정면으로 도전한다.

자, 곧 그날이 올 것이다. 그날이 무슨 날이냐고? 그와 교류하는 날. 그와 당신이 대화를 나누든, 같이 일을 하든, 엘리베이터에 갇히든, 둘이 서로의 존재를 인식하는 날 말이다. 당신, 그날만큼은 정신 똑바로 차려야 한다. 그리고 그날 그가 당신에게 한 행동을 반드시 기억해야 한다. 설령 그게 가벼운 인사일지라도 말이다.

그 남자에게 인사를 받았을 때 기분이 어땠나? 무척 좋았을 거다. 이제 당신은 다음 만남을 기다려라. 기다려서 올 상황이 아니라면 직접 그런 계기를 만들면 된다. 다음에 그를 만날 때 당신이 할 일은 간단하다. 당신이 지난 교류 때 그에게 느낀 호감, 즉 그에게 인사를 받았을 때 느낀 그 호감의 딱 두 배를 그에게 돌려주어라.

예를 들어 그를 다시 만나면, 이번엔 당신이 먼저 웃으며 인사를 건네고 "오늘은 넥타이 안 하셨네요?"라는 말을 덧붙이는 거다. 이렇게 하면 그가 전에 당신에게 건넨 인사라는 호의를 당신은 {인사＋사담}으로 두 배 불려서 돌려준 셈이다.

응용해보자. 당신이 좋아하는 남자가 회사 앞 카페에서 커피를 주문하는데, 당신이 다가가 인사를 건넨다. 그가 반가워하며 당신에게 커피를 골라보라고 권한다. 이런 때 많은 여자들이 그 남자가 사주는 커피를 받아 들고 고맙다는 말만 연신 반복하다가, 헤어지고 나서 '말 좀 더 걸어볼 걸…' 하며 후회한다.

당신은 여기서도 호감 더블링을 시도해야 한다. 그가 음료를 사서 건네줄 때 당신은 정말 고맙다는 말과 함께 "내일은 제가 커피 살 테니까 번호 알려주세요. 내일 식사하고 여기서 다시 만나요"라고 말하며 그의 연락처까지 받아내야 한다. 이 또한 상대의 호감 표현을 두 배로 불려서 돌려준 호감 더블링의 아주 좋은 예다.

많은 사람들이 상대의 호감 표현을 그냥 얼떨결에 받고 만다. 또 어떤 이들은 상대가 아무 뜻 없이 한 행동을 지나치게 확대해석하여 어마어마한 호감을 표현해버린다. 이렇게 행동해도 될 사람은 되겠지만, 리스크가 너무 크다. 호감 더블링이 좋은 이유는 그 행동 자체는 자연스럽지만, 상대가 느끼는 임팩트는 상당하다는 데 있다.

당신은 분명 상대에게 호감을 표현한 셈이지만, 표면적으로 당신은 호의를 받고 더 좋은 것으로 보답할 줄 아는 멋진 사람으로 비쳐질 뿐이다. 하지만 호감 더블링을 받는 남자의 입장은 좀 다르다. 그는 당신과 왠지 모르게 가까워지고 있다는 느낌을 받을 수밖에 없고, 일상에서 당신을 자주 떠올릴 것이다. 그러면 그 남자도 당신에게 조금 더 큰 호감 표현을 시도할 것이고, 당신은 또다시 그의 호감 표현을 두 배로 불려서 돌려줄 테니, 둘 사이에 애틋한 감정이 안 생기려야 안 생길 수가 없다.

당신과 그가 어떻게 알게 된 사이인지 나는 모른다. 그래서 나는 당신이 그 남자에게 어떤 호감 더블링을 해야 하는지 구체적으로 알려줄 수가 없다. 하지만 어떤 상황에서도, 어떤 사이에서도 호감 더블링을 시도할 때 당신이 기억할 건

이거 하나다. '상대방의 호의를 두 배로 불려 돌려준다.'

상대방이 베푼 호의만큼 돌려주면 둘의 관계에 아무런 진전이 없을 것이다. 한번 생각해보라. 그가 인사하면 당신도 그에게 인사하고, 그가 당신에게 어디 사냐고 물어보면 당신도 그에게 어디 사냐고 물어본다면, 둘 사이에 애틋한 감정이 싹틀 틈이 있는가?

무조건 두 배로 불려 돌려주라. 그래야 상대가 당신이란 여자를 잊지 못한다. 호감 더블링이 반복되면 조만간 당신은 그의 일상에 아주 중요한 존재로 자리 잡을 것이다. 그리고 그는 당신을 자기 삶으로 초대하려고 최선의 노력을 기울일 것이다. 이런 상황이 오면 괜히 우쭐해져서 밀당을 시도하지 말고, 호감 더블링을 시작했을 때의 순수한 초심으로 돌아가 사랑이 찾아오는 걸 기쁘게 받아들여라.

잊지 마라! 더도 말고 덜도 말고 딱 두 배다. 상대가 신중하게 다가온다면 당신은 그 신중한 호감 표현의 두 배만 표현하고, 상대가 적극적으로 호감을 표현한다면 당신도 그 적극적인 호감 표현의 두 배만 표현하면 된다.

이렇게 되면 상대가 신중한 남자든, 적극적인 남자든 둘 사이는 나날이 깊어질 수밖에 없다. 신중한 남자는 신중한 남자대로 자기에게 천천히 다가오는 당신이 좋고, 적극적인 남자는 적극적인 남자대로 자기만큼 마음을 직설적으로 표현하는 당신이 좋을 테니까.

이처럼 호감 더블링은 상대가 어떤 사람이든 그 효과가 동일하다. 호감 더블링은 종전 유혹 스킬과 달리 인간의 본성에 직접적으로 호소하기 때문이다. 데일 카네기가 《인간관계론》에서 강조한 '사람은 자기에게 관심을 갖는 사람에게만 관심을 갖는다', 바로 이 본성 말이다.

자, 이제 당신이 듣기 싫은 이야기를 할 차례다. 물론 나도 당신이 호감 더블링에 성공해서 그 남자와 연인 사이로 발전했으면 좋겠다. 하지만 사람 일이 원하는 대로 풀리지 않을 수도 있는 법. 당신이 호감 더블링을 시도했는데 상대가 아무 반응이 없거나, 오히려 당신을 피하는 것 같다면 당신은 그 남자를 포기해야 한다.

그럴 수 있겠나? 쉽게 안 된다고 해도 자신을 위해서 그래야만 한다. 당신이 호감 더블링을 제대로 했는데 그가 당신에게 그 이상의 호감을 표현하지 않는다면, 그는 당신에게 관심이 없는 것이다. 이 세상에 관심 있는 여자의 호감 표현을 모른 척할 남자는 없다. 아무리 소심한 남자라도 관심 있는 여자가 호감을 표현하면, 잔뜩 긴장해 손을 사시나무 떨듯 하면서라도 그 호감 표현에 보답하려 애쓰기 마련이다.

그러기에 당신이 호감 더블링을 시도했음에도 둘의 관계가 진전되지 않는다면, 현실을 부정하고 억지로 인연을 만들려 하지 말고 다른 사람을 위해 당신의 호감 더블링을 아껴두라. 당신에게 전혀 관심이 없는 남자가 아니라면 호감 더블링에 시큰둥하게 반응할 남자는 없다. 바꿔 말해 서로 관심이 있는 상태에서 호감 더블링은 백전백승의 전략이다.

나는 알고 있다. 내가 호감 더블링이라 이름 붙인 남자의 호감을 얻는 이 원리도 시간이 지나면 보편화될 테고, 우리가 부모님을 기쁘게 해드릴 방법을 이론으로는 빠삭히 알지만 잘 실천해내지 못하듯, 이 원리도 용기 있는 남녀들의 전유물이 될 것임을 말이다. 부모님께 하는 불효가 그렇듯, 용기가 없어 사랑을 놓치는 것 또한 우리에게 후회만 가득 안겨주고 잔인하게 잊혀간다는 사실. 우린 그 사실에 유의해야 할 것이다.

요즘 남자에게
인기 있는 여자들의
공통점

예쁜 거 아니냐고? 물론 사실이다. 예쁜 여자 주위에는 남자가 꼬이기 마련이다. 한 가지 흥미로운 사실은, 예쁜 여자도 따라다니는 남자가 끊이지 않는 여자와 그렇지 않은 여자로 나뉜다는 점이다.

내가 경험하고 지켜본 결과, 예쁜 외모는 남자의 시선을 사로잡는 데 유리하지만 남자의 마음을 사로잡는 것과는 별 상관이 없었다. 이런 상황을 목격한 적 없는가? 당신과 같은 과에 다니는 한 여자 동기에게 여러 남자가 동시에 목을 매고 있는 경우 말이다.

당신 과엔 그녀보다 예쁜 여자들이 꽤 있지만, 술자리에서 남자 동기들과 선배들에게 과에서 누가 마음에 드는지 슬쩍 물어보면 다수가 그 여자를 지목한다. 대체 그녀는 어떻게 그 많은 남자들의 마음을 동시에 사로잡은 걸까?

그녀의 비밀을 알아보기 전에, 우리는 우선 남자들에게 인기가 있다는 말을 제대로 이해해야 한다. 인기가 있다는 말은 많은 남자들이 그 여자를 마음에 두고 있다는 뜻이다. 마음에 두고 있다는 말은 그녀와 가까운 미래에 잘될 가능성을 마음에 품고 있다고도 해석이 가능한데, 이는 남자들의 착각인 경우가 많다. 그들은 그녀가 자기에게 관심이 있다고 믿지만, 실제로는 짝사랑인 경우가 대부분이라는 얘기다.

바로 이 대목에서 인기 있는 여자가 남자들의 마음을 사로잡을 수 있었던 비밀이 발견되었다. 그녀들은 남자를 착각하게 만든다는 점이다. 그렇다. 예쁘고 도도한 여자가 남자들의 시선을 빼앗을지언정 마음까지 빼앗기 어려운 이유는, 그들에게 희망을 주지 못하기 때문이다.

남자들은 예쁘고 도도한 여자가 자기를 마음에 둘 가능성이 매우 낮다고 생각하기에 그녀가 주위에 있을 때는 시선을 돌려 쳐다보지만, 그녀가 주위에 없을 때는 굳이 떠올리지 않는다. 그러나 자기를 착각하게 만드는 여자는 주위에 없어도 끊임없이 떠올린다. 이렇게 남자에게 '희망'을 주는 여자가 바로 인기녀다.

그렇다면 대체 그녀들은 어떻게 남자를 착각하게 만들고, 그들의 마음에 희망을 심어줄까? 남자에게 인기 있는 여자들이 공통적으로 지닌 두 가지가 있는데, 바로 '상냥함'과 '미소'다. 실제로 남자는 여자의 이 두 가지 요소에 매우 약한 모습을 보인다. 이는 여자가 남자의 '매너 있는 행동'에 약한 모습을 보이는 것과 같은 이치다.

예를 들어보자. 첫 출근날 남자가 자기 부서를 찾아 헤맬 때 생글생글 웃으며 친절하게 길을 안내해준 타 부서 여직원, 수업을 마친 남자가 가방을 메고 자리에서 일어나는데 가방끈이 풀렸다며 뒤에서 가방끈을 꼼꼼히 묶어주는 여자 동기. 남자는 여자의 이런 상냥한 모습에 녹아내린다.

이게 그녀의 원래 모습인지, 의도적으로 연출한 모습인지는 상관없다. 남자는 여자의 아름다운 미소와 상냥한 행동 때문에 자꾸 그녀를 떠올리게 되며, 그렇게 점점 마음을 키워간다. 그리고 이런 남자의 말랑말랑한 심리를 이용하는 여자를 우리는 어장관리녀라 부른다. 당신이 어장관리녀를 좋아하든 싫어하든, 그녀들이 여러 남자의 마음을 얻을 수 있는 이유는 바로 이 상냥함과 미소를 적시적소에 사용하기 때문이다.

그러기에 당신이 외모 관리를 철저히 하는 편이고, 주변 사람들에게 예쁘거나 귀엽다는 소리를 자주 듣는데도 인기가 없어 고민이라면, 당신의 평소 모습이 상냥함에서 많이 동떨어져 있지는 않은지 점검해봐야 한다.

남자는 당신의 화장이 오늘 얼마나 잘됐는지 관심도 없고 잘 알지도 못하며, 당신의 몸무게가 사흘 전보다 1킬로그램이 빠졌는지 혹은 늘었는지도 잘 모른다. 하지만 남자는 이 여자가 나를 친절하게 대하는지, 나와 대화할 때 즐거워하는지, 이러한 여자의 태도를 캐치하는 데 있어서만큼은 아주 예민하다. 그러기에 당신이 이제 빨리 연애를 시작하고 싶다면, 트렌디한 화장법을 익히고 저녁을 무작정 굶을 게 아니라, 먼저 상냥함과 미소를 장착해야 한다.

내 말이 안 믿기는가? 여전히 예쁜 얼굴과 멋진 몸매가 남자에게 어필할 수 있는 최고의 무기라고 생각하는가? 그렇다

면 앞으로 당신보다 객관적으로 외모가 떨어지는 여자가 당신이 찍어둔 호감남의 마음을 훔쳐도, 호감남이 그녀에게 목매는 모습을 봐도 억울해하거나 실망하지 마라. 그 남자에겐 그녀의 매력이 당신의 매력보다 크게 느껴졌다는 의미니까.

그때쯤이면 이미 온몸으로 깨달았을 테지만, 여자의 매력은 결코 인형 같은 외모에서만 나오는 게 아니다.

여자의 매력이란 외모라는 단어로는 감히 다 담아낼 수 없는 신묘하고 불가항력적인 끌림이다.

설렘과 사랑은
어떻게 다를까?

사람이라면 누구나 설레는 감정을 갈망한다. 좋아하는 이성을 만날 때든, 원하는 물건을 사러 집을 나설 때든, 설렘은 꿈을 갖게 하고 그 꿈을 성취할 수 있다는 희망을 주기 때문이다. 그러나 우리의 바람과 달리 설렘은 영원히 지속되지 않는다. 좋아하는 이성의 마음을 얻는 순간, 원하는 물건을 손에 넣는 순간, 내 꿈을 이루는 순간, 설렘은 얼마 못 가 온데간데없이 사라지고 만다. 이는 거스를 수 없는 자연의 법칙이지만, 이 설레는 감정을 항상 느끼고 싶어 하는 사람들이 있다. 앞에서 언급했듯이 우리는 그들을 '중독자'라 부른다.

원하는 물건을 손에 넣는 순간, 바로 다른 물건이 눈에 들어오는 '쇼핑 중독자'. 열심히 일해서 목표를 달성한 순간, 즉시 더 큰 목표를 설정하고 밤낮없이 달리는 '일중독자'. 마음에 드는 여자와 연애를 시작했지만, 두근거리는 감정을 못 잊어 다른 여자에게 눈을 돌리는 '썸 중독자'.

이들의 공통점은 갖고 싶었던 그 어떤 것을 손에 넣는 데 목적이 있는 게 아니라, 그 어떤 것을 손에 넣기 전 마음속에 찾아오는 설렘을 즐기는 데 목적이 있다는 것이다. 인간의 욕심은 끝이 없기에 이들에게 완전한 만족이란 없다. 이들은 설렘을 주는 새로운 대상에게 시간과 돈, 감정을 쏟고, 자신이 얻은 모든 것을 등한시하며, 결국 모든 걸 잃고 허무함에 빠질 것이다.

사람들은 설렘과 사랑을 동일시하는 경우가 많지만, 실제로 사랑은 설렘과는 전혀 다른 감정이다. 사랑의 핵심은 내가 소유한 대상을 이해하고 아끼고 배려하는 데 있으니 말이다. 그 과정을 거치며 자라는 감정이 사랑이다.

당신이 나에게 설렘과 사랑의 결정적인 차이가 뭐냐고 묻는다면, 나는 '희생정신'을 예로 들어 설명하겠다. 교통사고가

났을 때, 아이를 보호하고 자기 목숨을 희생한 부모에 대한 소식, 또 신장이 제 기능을 못하는 배우자를 위해 자기 신장을 기꺼이 이식해주는 남편이나 아내의 이야기가 종종 뉴스에 보도되지 않는가.

이렇듯 사랑은 반드시 희생을 동반한다. 훈훈한 외모, 트렌디한 스타일, 감미로운 목소리… 남자의 이런 요소에 당신의 마음이 두근대는 것, 나도 잘 알고 있다. 나 또한 그런 여자를 보고 동일한 감정을 느끼니까.

그러나 당신이 일시적인 두근거림이 아니라 지속되는 행복을 원한다면 상대가 설렘에 중독된 사람인지, 진짜 사랑을 원하는 사람인지 구별할 줄 알아야 한다. 당신이 원하는 남자가 사랑을 시작하고 나서 희생하는 것 하나 없이 다른 여자에게 눈이나 돌려대는 가벼운 남자는 아니지 않은가!

이제 설렘이 주는 달콤함에 끌려다니지 말자. 뭣 모르는 어린 시절도 아니고 좋은 것과 나쁜 것을 충분히 구별할 수 있는 나이에도 설레는 감정만 좇아 다닌다면, 아무것도 모르고 설렘만 좇던 어린 시절에 당신이 느꼈던 허무함과 좌절감, 그리고 우울함이 다시 당신을 찾아올 것이다.

희생을 동반한 사랑은 아름답다. 그 사랑의 깊이는 누구도 잴 수 없을 만큼 깊다.

그러니 이제 우린 순간 내 마음을 흔들어놓고 언제 그랬냐는 듯이 사라져버리는 가벼운 '설렘'이 아니라, 어제보다 오늘 상대가 더 소중해지는 감정을 경험케 하고, 그 사람을 위해 하나뿐인 내 목숨까지 기꺼이 내놓을 수 있게 만드는 위대한 '사랑'을 바라자.

요즘 남자는
그렇지 않습니다

2019년 8월 20일 초판 1쇄 | 2019년 9월 3일 3쇄 발행
지은이 · 데이라잇 | 그린이 · 이민정
펴낸이 · 김상현, 최세현 | 경영고문 · 박시형

편집인 · 정법안
책임편집 · 손현미
마케팅 · 양봉호, 권금숙, 임지윤, 최의범, 조히라, 유미정
경영지원 · 김현우, 강신우 | 해외기획 · 우정민, 배혜림 | 디지털 콘텐츠 · 김명래
펴낸곳 · 팩토리나인 | 출판신고 · 2006년 9월 25일 제406-2006-000210호
주소 · 서울시 마포구 월드컵북로 396 누리꿈스퀘어 비즈니스타워 18층
전화 · 02-6712-9800 | 팩스 · 02-6712-9810 | 이메일 · info@smpk.kr

ⓒ 데이라잇(저작권자와 맺은 특약에 따라 검인을 생략합니다)
ISBN 978-89-6570-830-8 (03810)

쌤앤파커스(Sam&Parkers)는 독자 여러분의 책에 관한 아이디어와 원고 투고를 설레는 마음으로 기다리고
있습니다. 책으로 엮기를 원하는 아이디어가 있으신 분은 이메일 book@smpk.kr로 간단한 개요와 취지,
연락처 등을 보내주세요. 머뭇거리지 말고 문을 두드리세요. 길이 열립니다.